河出文庫

マイ・フーリッシュ・ハート

秦建日子

河出書房新社

目次

マイ・フーリッシュ・ハート

あなたは、マッシー・ムラカミという野球選手を知っているだろうか？

私は、知らなかった。

二年前から付き合っていた恋人の拓哉も、知らなかった。

職場の同僚も、少なくとも私の両隣りの女子ふたりは知らなかった。

青池という私の上司も、知らなかった。

人生は不思議だ。

私は、マッシー・ムラカミという野球選手のせいで、精神科に通い、恋人と別れ、最後には職場まで追われることになるのだが、こうしてこの文章を書いている今も、マッシー・ムラカミ本人に会ったことがない。なので、彼自身は、五十歳近く年下の見知らぬ女性の人生を大きく変えてしまったことを、未だ知らずにいるということだ……

井川優子《いがわゆうこ》は、そこまで書くと、一度、ノートパソコンから手を放し、大きく伸びをしながら、カフェから窓の外の景色を見た。穏やかな日の光が、ちょうど45度の角度で、優子と優子のノートパソコンのキーボード部分に当たっていて、じんわりとした温かさを彼女に供給していた。

（あの日もこんな天気だったな）

優子は思い出す。

彼女と、マッシー・ムラカミの物語の始まりも、同じような穏やかな晴天だった。ただ、受け取り手である優子本人の体調に大きな差があった。あの頃は、反りの合わない上司との関係や、やりがいの見出せない仕事、そして頑固に居座り続ける偏頭痛のせいで、日の光の温かさを感じる余裕など彼女にはなかった。

あれは、個人的なイベントのひとつもせぬまま終わった哀しいゴールデンウィーク明けの月曜日だった。

「おい、井川！　井川！」

優子は、課長の青池《あおいけ》に呼びつけられ、彼のデスクの前まで小走りで移動した。青池は、優子が普通に歩いて来るだけで、「フットワークが悪い」と不機嫌になるタイプの上司だった。

当時、優子は、溜池山王《ためいけさんのう》からほど近い場所にある、とある広告代理店に勤めていた。配属はテレビ・ラジオ営業局。フロアは、テニスコートが余裕で四面入りそうなほど広く、天井も高く、壁一面に大きな窓が連なっている。ここで働いたことのない人間には、さぞ快適な職場に見えることだろうと思う。毎年、新卒の学生たちによる人気会社ランキングのベスト10に入っていて、求人倍率はいつも驚くほど高く、この会社に入れたことで、優子は周囲から随分と羨ましがられたものだった。

華やか。

勝ち組。

エリート。

そんな単語を何度も使われた。が、優子の日々の現実は、誰かが立てた企画の添付資料作り、コピー、会議の日程調整と会議室の予約、茶菓子と飲み物の手配、そして接待営業のホステス的役割であり、いわゆる「仕事のやりがい」みたいなものとは、優子はずっと無縁だった。


「おまえ、うちに入ってもう三年目だろ？　そろそろ単なるアシスタントから卒業してほしいんだよな。いい大学、出てるんだろ？」

青池はどんな時も、軽く嫌味を言ってから本題に入る。長年の不摂生な生活習慣の結果、嫌味を言ってからでないと本題に入れないという病気にかかってしまったようだ。そして、その無意味なマクラとしての嫌味を聞くたびに、優子の頭痛の強度が少しだけ上がる。

（私だってそうしたいですよ。でも、あなたがそういう仕事しかくれないんです）

内心、優子はそう呟いたが、もちろん声には出さなかった。と、青池は、

「二〇二〇年の東京オリンピックに向けてさ、国民を盛り上げるための番組企画をたくさん立てて行けっていうお達しが霞が関の方から来てるんだよ。なんで、おまえも急ぎで一本、企画書を書け」

と、優子にとっては少し意外な話をし始めた。

「え……私が、企画書、ですか？」

「パイオニア特集な。過去の、初めて海外に挑戦して結果出したぜー、というスポーツ選手を取り上げてさ。日本人すげーっ、日本すげーっ、ていう、ま、よくあるやつ。わかるよな？　ベタに行けよ。わかるな？　ベタだぞ？　格好つけるなよ？　奇なんかてらおうとするんじゃないぞ？　テレビなんだから、とにかくベッタベタの王道でいいんだからな」

「は、はい」

青池は少ししゃくれた顎のせいで、くぐもったような喋り方をする。更に長年吸ってきたタバコのせいか、声が掠れて聞きづらい。が、こちらが聞き返すと彼はいつも苛立つので、とにかく優子は、聞き取れる部分だけをメモすることに集中した。

「とりあえず、第一弾は、大リーグで野茂《のも》。それはもう決まりだから。で、数字がそこそこ行ったら、第二弾、第三弾と狙うから。わかったらさっさと書け」

「はい。ありがとうございます」

企画書ひとつとはいえ、これは仕事だ。企画書の最後に、「企画提案・井川優子」と書ける初めての仕事だ。

優子は、突然の展開に高揚と戸惑いと喜びと不安を感じながら、自分のデスクに戻った。朝、コンビニでサラダ・チキンを買い置きしておいてよかった。これで、多少の時間が節約できる。早速、「野茂英雄《ひでお》」とGoogleで検索することから始める。ちなみに優子は、そもそもプロ野球のことも野球選手のこともあまり知らない。昔から、スポーツは観るよりもやる方が楽しいと思うタイプだった。

でも、そんな優子ですら、野茂英雄は知っていた。世界を魅了したトルネード投法。打者に背中を見せるほど身体を捻り、遠心力を使って一気にボールを放つ。伸びのあるストレート。ストンとキレよく落ちるフォーク。本場大リーグの強打者を相手に三振の山を築き、そして、ノーヒットノーランという偉業を、なんと二度も達成している。

うん、うん。

優子はモニター画面の前で大きく頷いた。やはり、材料はいくらでもある。45分の番組では足りないくらいだ。大切なのは、切り口と構成。さて、どうしたものか。

まず、見出しを書いた。

「日本人初のメジャー・リーガー、野茂英雄！」

と、その時だった。

背後から、侮蔑と失笑とを合わせたトーンで、優子はこう言われた。

「おまえ、バカ？」

「え?」

振り返る。声の主は、谷中悟《たになかさとる》という一年だけ先輩の社員だった。いつの間にか優子の後ろに立ち、優子の作るワープロの画面を眺めていた。

「日本人で初めてメジャー・リーガーになったのって、野茂じゃないぞ?」

「え?」

「青池さんもよくわかんねーな。おまえみたいに野球に無知なやつに、どうしてこういう企画を振るかなー。俺でいいじゃねえか。自慢じゃないけど、俺、めっちゃ野球オタクなんだぜ?」

確かに優子は野球に詳しくはないが、最初のメジャー・リーガーが野茂英雄であるくらいは常識だと思っていた。ちなみに、サッカーで最初のセリエAは三浦カズだ。

「あの。じゃあ、最初はいったい誰なんですか? ゴジラ松井? それともイチロー?」

少しだけ口を尖らせながら、優子は谷中に尋ねた。

「バカ！　そのふたりは野茂よりもっともっと後だろ？　ひとり目は、野茂より三十年も前の人」

「え？　三十年？」

「マッシーで検索してみなよ。マッシー・ムラカミ。本当は、この名前を知らないのって、日本人として恥ずかしいんだぞ。これだから今の若いやつはイヤなんだよ」

たった一年しか歳が違わないくせに、やけにジジくさい嫌味を谷中は言い、そして去っていった。


日本人として、恥ずかしい……


優子は、仕事の腰を折られたので、いったん、パソコンを打つ手を止めた。落ち着こう。まずは落ち着こう。

窓から差し込む日の光に目をやり、一度、深呼吸をした。それから、改めて

「マッシー・ムラカミ」と検索窓に入力をし、エンターキーを押した。

左側頭部が、また鈍く痛む。

驚いたことに……（と書くと、マッシー・ムラカミ氏に失礼だと今は思うが、とても驚いたことは事実なので、ここはそのまま書くけれど）……「マッシー・ムラカミ」でも、多くの記事と画像がヒットした。画像の半分は初老のおじいちゃんの写真で、残りは昔懐かしいモノクロの写真と動画だ。ウィキペディアにも、マッシー・ムラカミは、きちんとページが存在した。大慌てで、まずはそのページを熟読する。それから、そのページと、更に関連するいくつかのサイトを大急ぎでプリント・アウトし、優子は課長の青池の席に走った。

「課長。ひとつ確認したいことがあるのですが」

「なんだよ」

「今回の企画ですが、大事なのは、日本人初、という部分ですか？　それとも、野茂英雄、その人ですか」

「あん？　そんなの両方に決まってるだろ」

「や。でも、それは難しそうなんです」

「ああん?」

青池は、イライラすると言葉も態度も汚くなる。優子は、さっと、持参したプリント・アウトの用紙を青池の前に差し出した。そして、彼がそれに目を走らせている横から、

「日本人初のメジャー・リーガーは、野茂英雄ではなく、村上雅則《むらかみまさのり》という方でした。ちなみに、アメリカではマッシー・ムラカミと呼ばれていたそうです。なので、パイオニア特集ということで『日本人初』というのが外せないとなると、野茂ではなく村上雅則で企画を立てなければならないんです」

と言い添えた。

青池は、しばらく憮然とした顔で優子が持ってきた紙を見ていたが、やがてそれをクシャクシャと丸めて捨てた。そして、

「もう、野茂でって局とは話がついてるんだよ」

と、間違って口に入れてしまった脂身の塊を吐き捨てるような口調で言った。

「え？」

「局Pの大貞《おおさだ》さんって人の奥さんが、前々から野茂の大ファンなんだよ」

「え？」

「……」

「じゃあ、パイオニア特集っていう方を変えますか？」

「バカ！アホ！マヌケ！　それ変えたら、企画がゼロからやり直しじゃねえか。そっちももう局とは話がついてるんだよ。もう企画は内定しててあとは形だけ企画書提出すればオッケーってとこまで俺が仕込みしたからこそ、おまえみたいな新人にこの仕事を振ったんじゃねえか」

「でも」

「でも、じゃねえ！　おまえも広告業界の営業なら、でも、とか言うな！　とにかく、企画書はうまいこと書いとけ！」

「うまいことってどういうことですか？」

「だ！か！ら！　例えばだな……あー、んー、『日本人で初めてメジャー・リーグで活躍した選手・野茂英雄』とか」

「そ、そんなんでいいんですか？」

「いいんだよ！　局とはもう話がついてるんだから！」

言いながら、最後、青池はバンバンと二度も自分のデスクを叩いた。フロアの何人かが青池と優子の方を振り返るのが優子には見えた。

「だいたいさ。このマッシー・ムラカミは、今の資料だと、二年間でたったの5勝だろ？　おまえ、野茂が何年活躍して何勝したと思ってんだ。オールスター！　ノーヒットノーラン！　ミスターK！　な？　わかったらさっさと自分のデスクに戻れ。俺、けっこう忙しいんだよ。企画書の書き起こしくらい、こっちに迷惑かけずに臨機応変にやってくれ。わかったな？」

そして、左手で「しっ、しっ」と追い払う仕草を青池はした。仕方なく、優子はそのまま引き下がった。

その日、優子は、企画書の続きを書かなかった。モヤモヤとした気持ちを抱えたまま、その他の雑用ばかりをこなし、夜は珍しく残業せずに家に帰った。都営新宿線の小川町と岩本町の間にある、築四十年のマンション。小窓の付いた四畳半のダイニング・キッチンと、六畳の洋室との１ＤＫ。部屋に帰ると、買ってきたコンビニ袋をダイニング・キッチンにある丸い木目調のロー・テーブルに載せ、ＩＫＥＡで買った赤いふたり掛けソファにどっかりと腰を下ろし、なんとなくテレビをつけた。騒々しいバラエティ番組を避け、いかにも低予算の旅番組をスルーし、マンネリのクイズ番組にため息をつき、結局、ＮＨＫのニュースを見ることにした。その日のトップ・ニュースは、とある食品偽装についての続報だった。顔にモザイクを掛けられ、音声を不自然に甲高く変換された元従業員が登場し、

「良くないことだとは思っていましたが、上司の命令だったので……」

と、神経質そうにズボンの尻で何度も手を拭きながら言い訳をしていた。その発言が、優子の脳裏でリフレインした。

「良くないことだとは思っていましたが、上司の命令だったので……」

「良くないことだとは思っていましたが、上司の命令だったので……」

「良くないことだとは思っていましたが、上司の命令だったので……」

結局、テレビはすぐに消した。

部屋に置いてあるMacBookを開いてみる。クラウドに置いておいた書きかけの企画書を取り出し、続きを書こうと考える。

『日本人で初めてメジャー・リーグで活躍した選手・野茂英雄』

日本語としては、間違っていないのかもしれない。だが、優子の気持ちはモヤモヤとしたままだった。初めて活躍した……というのは、あまりにも曖昧な表現ではないだろうか。

『日本人初のメジャー・リーガー』

ほら、すっきり。なんて、明快。

ちなみに、マッシー・ムラカミが日本人初の大リーガーになったのは一九六四年。今から五十四年も前だ。その年、日本では東海道新幹線が開通し、東京オリンピックが開催され、そして優子の母親が生まれた。それだけ以前のこととなると、マッシー・ムラカミが野茂英雄より知名度で劣るのはやむを得ない気がする。

が、知名度がなければその分視聴率も望めないと考えるのが今の日本のテレビであり、広告代理店である。そして、優子も今、そうした広告代理店の社員である。さて、どうしたものか。

と、優子の携帯電話がふるふるふるふると LINE の着信を知らせてきた。画面表示を見る。恋人の吾妻拓哉《あづまたくや》からだった。優子より三つ年上の二十八歳。経済産業省の官僚。仕事が縁で知り合い、付き合い始めてからもう二年近くが経つ。経産省が主催し、優子の広告代理店が運営をした「インバウンド・マーケティング・アイデアソン」。訪日外国人旅行者向けの新サービスを考えるイベントだった。拓哉は経済産業政策局の地域経済産業グループで、先端課題実証事業を担当していた。ラフな服装の多い同僚たちと比べて、細身のスーツをバリッと着こなす拓哉は、優子の目にはとても洗練されて見えた。

「カレー作りすぎちゃったみたいでさ。今夜、食べに来ない？」

シンプルなお誘い LINE だった。このまま部屋で仕事をしていても煮詰まるだけな気がする。なら、気分を変え、ついでにちょっとこの企画について拓哉に相

談してみるのもありだと優子は思った。なので、

「行く」

と、すぐに返事をした。

自分が買ってきたコンビニ袋をそのまま冷蔵庫に入れ、市ヶ谷にある拓哉のマンションに向かう。行く道すがら、携帯でずっとマッシー・ムラカミの動画を見た。カタカタとリールの鳴る音が聞こえてきそうなモノクロの8ミリフィルム映像。それを、今のデジタル・データに置き換えたものが、ネット上でいくつも紹介されていた。が、それらを何度観たところで、マッシー・ムラカミの野球選手としての素晴らしさはさっぱりわからなかった。ただ、優子にも、それらの歴史的な価値はうっすらと感じることができる。問題は、これをそのままテレビのスペシャル番組で流しても、あまり視聴率は取らないだろうなということだ。

市ヶ谷駅で降りた時には、時計は二十時になっていた。

拓哉の部屋に行くのは、三週間ぶりだ。

駅からずっと、川面に映るチラチラと震える街の灯りを見ながら歩く。そして、

五分ほど歩いたら右折をして、少しだけ緩やかな登り坂を登る。と、そこがもう拓哉のマンションである。

一階のエントランスで彼の部屋のインターホンを押す。

「いらっしゃい」

彼の声とともにエントランス奥のドアが開く。優子はそのままエレベーターに乗り、八階まで上がる。部屋のドアの鍵はあらかじめ開いていた。ドアを引くと、中からふわっとカレーの美味しそうな香りが流れてきた。

優子がマッシー・ムラカミの話を切り出したのは、食後のコーヒーを淹れるため、たっぷりと水の入ったケトルを拓哉がガス台に置いた時だった。

「ねえ。日本人初のメジャー・リーガーって誰だか知ってる？」

「ん？　何それ？」

「日本人初のメジャー・リーガー」

「知らない。確か、野茂じゃないんだよね？」

「あ、それは知ってるんだ」

「うん。そこまではね。でも、俺、野球、あんまり見ないから」

そこで、優子は、上司の青池とのやり取りをかいつまんで拓哉に説明した。

既に内定しているテレビの企画の話。パイオニアと呼ばれる日本のスポーツ界のレジェンドを紹介。初回は野茂。局のプロデューサーの奥様が前々から野茂の大ファン。でも、実は、野茂は日本人初のメジャー・リーガーではない。本当は……

拓哉は、ネルドリップ方式でコーヒーを淹れながら、優子の話に何度か首を傾げた。そして最後に、

「あのさ。その話のどこに優子が引っかかってるのか、まずはそこから俺にはわかんないんだけど」

と、申し訳なさそうな声で言った。

「え？　なんで？」

「なんでって、なんで？」

「だって、『日本人で初めてメジャー・リーグで活躍した選手』って、なんだかモヤッとしない？　活躍ってどこから活躍？　10勝したら活躍？　１００勝なら活躍？　そもそも、マイナーから這い上がって、メジャーで勝ち投手になったって言うだけでも、活躍じゃないの？」

「でも、もう企画は野茂で通ってるわけでしょ？　それを今さら優子が文句言って、それで誰に何のメリットがあるの？」

「メリット？」

「そう。メリット。テレビ局も広告代理店もビジネスで動いているわけだから、ビジネス的なメリットがないと、意味がないわけでしょ？」

拓哉が、自慢のコーヒーをふたつ、テーブルの上に置いた。ちなみにコーヒー・カップは、半年前、ふたりで栃木県の益子《ましこ》までドライブがてら行き、窯元《かまもと》でそこそこ時間をかけて選んで買ったものだ。一口飲む。美味い。本当に拓哉はコーヒーを淹れるのが上手だと思う。

「マッシー・ムラカミって選手のことはよく知らないけど、日本人初のメジャー・リーガーだっていうことはわかった。つまり、彼は最初の一歩を踏み出した人。ゼロをイチにした人だよね」

「うん」

拓哉がコーヒーを片手に淀みなく話す。数々のセミナーで講師役を任されるのも納得の、理想的な滑舌とスピード。そして、わかりやすさ。

「で、野茂英雄は、日本中が知っているスーパー・スターで、メジャー・リーグの試合が日本でもテレビ中継されるきっかけを作った人でもある。つまり、イチを100にした人って考えればわかりやすいよね」

「……うん」

「これが企業の決算だと思ってみようよ。マッシー・ムラカミはプラス1の黒字。野茂英雄はプラス99の黒字。ビジネス的な物差しで考えるなら、黒字99の野茂にフォーカスする方が効率がいいよね？　そのために、詐欺にならない範囲で日本語をいじる。合理的だよね？　だから、君の上司の言ってることは正しい。『日本人で初めてメジャー・リーグで活躍した選手・野茂英雄』で、何の問題もない」

拓哉は、明快にそう言い切った。優子は、何と答えたらいいかわからず、そのまま黙ってしまった。拓哉は、それを、優子が納得したサインと受け取ったようだった。それきり、野茂とマッシー・ムラカミの話はやめ、来月になったら、二泊三日で温泉に行こうという話題に切り替えた。

「優子のその頭痛もさ。絶対、首とか肩とかのコリから来てるんだと思うよ。コリ過ぎて感覚がなくなっちゃってるってやつ。なので、じっくりじんわり温泉っていうのが一番だと思うな」

「そうだね。温泉はきっといいよね」

そう相槌を打ちながら、優子は頭痛薬をバッグから取り出してふた粒飲んだ。

その日、拓哉の部屋には泊まらず、優子は終電で自分の部屋に戻った。

そして翌朝、いつもより1時間早く出勤し、手早く野茂の企画書を書き上げ、朝九時の始業と同時に課長の青池のところに提出に行った。

『日本人で初めてメジャー・リーグで活躍した選手・野茂英雄』

青池は、ペラペラっとそれをめくり、

「ん。これ、データでも送っといて」

と優子の目も見ずに言い、企画書自体はデスクの左側に置いてある「既読」の紙箱に放り込んだ。内容については、良いとも悪いとも言われなかった。お疲れ様とも言われなかった。優子は黙って自分のデスクに戻り、青池へのメールに企画書のワード・データとPDFデータの両方を添付して送った。そして、この企画のことを頭から追い出し、いつもの雑用オンリーの仕事に戻った。

優子の頭痛が爆発的に痛み始めたのは、その日の夕方だった。

それは唐突に、激しく、暴力的に訪れた。

その時、優子は、参加者13名の会議のスケジュール調整と、社内会議室の予約手続きをしていた。と、突然、左側頭部に激痛が発生し、それが脳内を走って右側頭部にまで突き抜けた。

「ガ……ガ……」

そんな唸り声をあげながら、彼女は椅子から転げ落ちた。グレーのパンチ・カーペットを鼻先に感じ、埃っぽい空気を喉の奥で受け止めると、今度は吐き気がやってきた。左手で頭を押さえ、右手で胃を押さえ、呻きながら、出来損ないのブレイク・ダンスのように床を時計回りにぐるぐると回った。そして、同僚たちが騒然とした雰囲気で集まってくるのを感じながら、優子は気を失った。

「井川さん！　井川優子さん！　わかりますか？　井川さん!!」

遠くで、何度かそんな呼びかけをされた気がする。救急車の中で。救急病院の廊下で。エビのように身体を折り曲げ、ギリギリと歯を食いしばり、ストレッチャーの硬いサスペンションを右腹に感じながら。

（私、死ぬんだろうか……）

そんな思考が脳裏をよぎった。

長い廊下を滑るように走る。ＥＲと呼ばれる場所に入り、そこのベッドに移される。ドラマで何度か見た「あれ」が行われる。

「1、2、3！」

その「3！」を聞いた瞬間だった。

この世の終わりとも思えた暴力的な頭痛が、突然、消えた。電化製品のコードをコンセントから引っこ抜いた時のように、突然、痛みがゼロになった。

（あれ？）

それから、数々の検査が始まった。ＣＴ。ＭＲＩ。エトセトラエトセトラ。それらを優子は、不安と気まずさをないまぜにしたような感覚で受け続けた。全ての検査が終わった時には、もう夜になっていた。

和田、というネームプレートを胸につけた五十代くらいの男性医と、ＥＲのすぐ横にある診察室で向かい合って座った。

「今、痛みはどうですか？」

「あ、はい……今は、全然大丈夫です」

「そうですか。大丈夫ですか」

「はい……」

大丈夫であることを申し訳なく思いながら、優子は答えた。

「実はですね……こちらの検査でも、何にも異常がないみたいなんですよね」

「え……」

「頭部のレントゲンも、ＣＴも、心電図も、脳波も眼圧も血液検査も血圧も、全て異常なしです」

「そうですか……申し訳ありません」

「いやいや、あなたが謝るのは変でしょう。異常がないっていうのはいいことなんですから」

「そうですね。はい、異常がなくてよかったです」

「でしょう？　ただ、あれですよね。本当に痛かったんですよね？」

「え？　あ、はい。それはもう、ものすごく」

「どのくらいの痛さでした？」

「それはもう、びっくりするくらい」

「……もう少し具体的に言うと？」

「え？　具体的に、ですか？」

「はい」

「そうですね。金槌で殴られるのより、更に何倍も痛いというか」

「金槌、ですか」

優子は必死に言葉を探した。

「ええとですね。私、『ゲーム・オブ・スローンズ』っていう連続ドラマが大好きなんですけど、そのドラマの中に出てくる、ロバート・バラシオン王の落とし子のジェンドリーっていう若者が、戦鎚っていう珍しい武器を使ってるんです。トンカントンカン、刀を鍛える時に使う槌の、そのオバケ・バージョンみたいなやつなんです。イメージわかります？　そのジェンドリーが、私の背後に立って、その戦鎚を野球のバットみたいに水平に私の頭めがけて全力で振り回したらこのくらい痛いんだろうな、というくらい痛かったです」

「……」

「……」

「……」

しばらく、診察室が沈黙になった。やがて、和田という医師は小さくため息をつくと、

「こんな感じの頭痛は、今回が初めてですか?」

と、質問を変えた。

「はい。頭痛はちょくちょくあるんですけど、こんなにひどいのは今日が初めてです」

「頭痛が頻繁に起こるようになったのはいつからですか?」

「え……もう、二年以上は……たぶん……」

「病院を受診したことは?」

「ないです。仕事が忙しくてなかなか。なので、市販の頭痛薬を飲んで凌《しの》いでいました」

「そうですか。市販の頭痛薬……と」

医師は、申し訳程度に時々カルテにメモをする。

「自分で、頭痛の原因かな、と思うことはないですか？」

「原因、ですか？」

「頭痛がよく起きる時間帯はありますか？」

「そうですね。朝の通勤電車の中とか、会社でパソコンに向かって何か作業してる時とか……一応、ブルー・ライトをカットするっていうメガネを買ってはみたんですけど、それはあまり効果は無かったです」

「そうですか……」

和田は、くるくると、右手でペン回しを始めた。優子は、黙ってただそれを見ていた。次に、和田は、便箋を取り出して何か文章を書き始めた。優子は、それもただ黙って見ていた。和田は書き終えたものを無地の茶色の封筒に入れ、優子の方に向き直った。そして、言った。

「一応、精神科も受診してみませんか？」

「え？」

予期せぬ単語が飛んできたせいで、かなり大きな声を優子は出してしまった。

「精神科。こちらの検査では何の異常も無かったんで、メンタルとかストレス反応とか、そういうこともちょっと気にした方がいいんじゃないかと思うんですよね」

「精神科、ですか」

「ええ。一応、ですけど。一応」

「……」

「これ、紹介状です」

「……」

和田は、優子に茶封筒を差し出した。優子は、それを受け取るしかなかった。

立ち上がり、ひやりと肌寒さを感じる廊下に出る。看護師が、優子のスプリングコートと鞄を手渡してくれた。

「どうか、お大事に」

看護師の言葉に静かに頭を下げ、優子は病院の夜間出入口に向かった。

病院の外は、想像以上に暗かった。そして、病院を出てからようやく、ここがどこなのかも、最寄りの駅が何なのかも自分は知らないのだという事実に優子は気がついた。周囲を見回しても、通行人はひとりもいなかった。携帯を取り出す。Googleの地図アプリを使えば、どうやって帰ればいいかくらいはわかるだろう。

画面を見ると、恋人の拓哉からのLINEが一件入っていた。

「いろいろ調べたんだけど、伊豆の下田にある観音温泉ってところがかなり評判いいみたいだよ」

そのLINEを見た瞬間、なぜか悲しくて寂しくて涙が出てきた。何かしら返事をしなくてはと思うのだけれど、なんて返していいのかもわからなかった。

しばらく、そのまま、病院の裏口でひとり、優子は泣いた。泣きながら、

(精神科、行くべきなのかもしれないな……)

そんなことを、優子は思った。

優子は翌日、半休を取った。昨日のあの騒ぎの直後なので、珍しく青池からも嫌味のひとつも言われず、すんなりと半休の許可が取れた。和田という医師が紹介状を書いてくれた先は、とある個人病院だった。新橋駅から徒歩十分くらいのところにあると公式HPには書いてあったが、実際に歩くと、早足でも駅から十五分かかるほどの距離があった。あまり特徴のない灰色のペンシル・ビル。その五階にエレベーターで上がる。入口のドアには大きなすりガラスがはめ込まれていて、中の様子を先に覗くことはできなかった。精神科という言葉の響きに少しだけ恐怖感を覚えつつ、優子はドアノブを引いてみた。なぜか「アルプスの少女ハイジ」に出てきそうなアンティークなカウベルが内側にドアベルとして取り付けられており、それがガランガランと不必要なくらい大きな音を立てて優子を驚かせた。

「いらっしゃいませー！」

中から、極めて陽気な男の声が飛んできた。

「小畑《おばた》精神科クリニックへようこそ！」

玄関の内側は、がらんどうの八畳くらいの部屋だった。そして、部屋の奥にもうひとつドアがあり、「ようこそ」という男の声は、奥のドアの向こう側の部屋から発せられたようだった。

スリッパが用意されているところを見ると、土足は禁止らしい。

男の声が一度しただけで、誰も顔を出さないし、それ以上何の指示もない。それで優子はおそるおそる靴をスリッパに履き替え、がらんどうの部屋を抜けて、奥のドアを開けてみた。

と、なんと、そこの部屋もがらんどうの八畳間だった。

そして、前の部屋と全く同じ見た目のドアが、全く同じ感じで部屋の奥にあり、「ようこそ」と言った男は、どうやらそこにいるらしいことがわかった。

どうにも不気味な場所だった。なぜ、こうも完璧にがらんどうなのか。

優子はなかなか足を前に進める決意ができずにいた。と、待ちくたびれたのか、三十秒ほどすると、今度は向こうからドアが開いた。そして、童顔でメガネで小太りで、やや若年性のハゲの男が顔を出した。

「ここはね。心理テストを兼ねてるんですよ」

「はい？」

「空っぽの部屋。奥にドア。そういう時、ためらいなくずんずん奥に来られる人と、なぜか足がすくんで時間がかかってしまう人とだと、ストレスに対する適応力がかなり違うんですよ」

「あ、そうなんですか」

なるほど。そういう意味があったのか。きちんとした狙いがあると知って、優子は少しだけ安心した。と、その優子の表情を見て、男は突然大笑いを始めた。

「うっそでーす！」

「はい？」

「実は引っ越し直後で、しかも実は断捨離直後なんで、部屋に置きたいものが無いだけなんでーす」

「……は？」

「でも、なんかそれっぽかったでしょ？　やったね。やったね。や、実は、オヤジがね。『おまえはとにかくもっと物事を深く考えろ！』『精神科たるもの、もっと相手から心を許されるよう、いろいろと策を練らなければダメだ！』とかガミガミ言うんでね。こっちも対抗していろいろと屁理屈を考えなきゃなって。おっと。間違えた。理屈ね。屁理屈じゃなくて、理屈。だって自分の身は自分で守らなきゃダメでしょ？　今の日本は何でもかんでも『自己責任』とかいうイヤな国になっちゃったからさ。そのために必要なのは、まずは理論武装でしょ？」

「……は？」

どうにも話にうまくついていけなかった。優子が困惑していると、男はハッと我に返り、

「おっと。そんなとこに立ってたら、ぼくの話を聞いてる間に疲れちゃいますよ。さ、奥へ奥へ」

と手招きをされた。

（あなたが私の話を聞くんじゃないんですか？　私があなたの話を聞くんです

か？　それって逆じゃないですか？）

と思いつつ優子は一番奥の部屋に入った。男は、優子の心の声がそのまま聞こえたのか、

「あ。今のは逆か。ぼくが、あなたの話を聞くんだった。あは。あはは。あははは」

と笑った。

一番奥の部屋だけは、きちんとソファがあり、ロー・テーブルがあり、向かい合わせでもうひとつソファがあった。部屋の隅には観葉植物が置かれていたし、壁には絵がかけられていた。なるほど、カウンセリング・ルームというのはこういう場所なのかと思いながら、優子は、手近な方のソファに腰を下ろした。男は向かい側に回り、トランポリンに乗るように、ポンと跳ねるようにしてもうひとつのソファに尻から着地した。そしてそのまま、しばらく上下に楽しそうに揺れていた。

「どう。めっちゃ柔らかいでしょ。このソファ。これも、うちのこだわりポイントのひとつなんですよ」

男は言いながら、傍らにあったクッションを膝の上に載せた。そして、それを愛しそうにギュッと抱きしめた。

「確かに、とっても柔らかいです」

「でしょう」

優子は、自分の座ったソファにあるクッション・カバーは無地の紺色だけれど、男のソファのものはムーミン柄であることに気がついた。雨の森の中を、傘をさしたムーミントロールが歩いている。その絵自体はとても可愛いのだが、それを中年の男が膝の上に縦置きしてギュッと両手で抱きしめているのは、ちょっと不思議な取り合わせだった。落ち着かない気分になって男から目を逸らすと、今度はちょうど、壁にかかっている絵が視界に入った。よく見ると、それは絵ではなく版画だった。台風か地震か洪水かわからないが、とにかくなんらかの天変地異があったらしく、電信柱がいろんな方向に傾いてしまったという不思議な風景画だった。そして、奇跡的に一本だけまだまっすぐ立っている電信柱の上に、スーツ姿の男がひとりで立ち、壊滅した世界と、それを照らす月を静かに見つめている。そういう構図だった。それが、ほぼ青の絵の具だけを使って描かれている。不安というか孤独というか絶望というか、そういう感情を想起させる版画だった。カウンセリング・ルームの壁にかけるものとして相応《ふさわ》しいとは到底思えなかったが、優子はそれも口には出さなかった。

バッグから、病院からもらってきた茶封筒を取り出し、男に差し出す。

「お。紹介状ですね」

男は、中を確認する。

「実は、この病院の和田先生にはいろいろと貸しがあってね。いい加減に返すもの返さないと出るとこ出るぞコラッてこの間脅したばっかりなんだよね」

「は?」

「やっぱり、言わなきゃわかんないやつには言わなきゃダメなんだよね。よかったよかった」

「は？」

全然理解できない会話だったが、向かい側に座っているこの男は、優子との間に会話が成立しているかどうかには、あまり関心が無いようだ。

男は紹介状を読み、それをまた丁寧に折りたたんでしまうと、

「小畑精神科クリニックへようこそ！　私、精神科医の小畑竹踏《たけふみ》と言います」

と、改めて頭を下げた。

「井川優子です。よろしくお願いします」

「ちなみに、小さな畑で竹を踏む、と書きます」

「はい？」

「ぼくの名前の漢字です。小さな畑で竹を踏む、で『おばたたけふみ』です。ナメてると思いません？　健康な子供になってほしいから、竹踏って。とても医者が子供につける名前じゃないですよね。どこに行っても、初対面でぼくの名前の漢字当てられる人っていないし、役所だろうが銀行だろうがとにかく誤字だらけ。多いのは、武士の武に歴史の史。どっちも合ってないし。あと、英雄の雄に文章

の文。これもどっちも合ってないし！　あとあと、獰猛の猛に歴史の史ね。これもどっちも合ってないし！」

言いながら、小畑はどんどん激昂していった。

「親はさあ、もう少し子供への名前をつける時に想像力ってやつを働かせるべきだと思うんですよ！　竹を踏んで竹踏って、わかりにくい上にキラキラもしてないし、いいところがまるでないよね！　青竹健康法で竹踏って、それってじゃあ、ぼくに弟がもしいたら彼は小畑乾布摩擦くんだったかもしれないってこと？　もし妹ができたら彼女は小畑お白湯を朝に150ミリちゃんとか、そういう悲劇が生まれてたかもしれないってことだからね！」

「……」

「そんな名前をつけておいて、それでいて医者の家に生まれた以上、医者になるのはおまえの義務だ、いや責務だ、いや、使命だ！　天命だ！　とか言うんだからね。支離滅裂だよ」

「お父さんもお医者さんなんですか」

「そう。ま、ヤブだけどね」

「え」

「オヤジさまのヤブっぷりのエピソードだけで三日はノンストップで話せるね。どれからがいいかな。ちょっと待っててね。今、ベスト5っていうか、ワースト5を整理して話してあげるから」

「あの！」

初対面の男の父親の失敗談を五つも聞かされるなんてたまったものではない。優子は思わず、少しだけ語気を強めて小畑の話を遮った。

「あの……私、この後会社に戻らなければいけないので、その……時間がそんなにはないんです」

「あ、そうなの？」

普通、こういう診察は時間制ではないのだろうか。あと、医師だけで、看護師とかアシスタントとか受付や会計係りの人とかはいないのだろうか。ここは、本当に、医療機関なんだろうか。

小畑はムーミン・クッションを叩いて凹みを直し、ふっくらとした丸みにきちんと戻ったことを確認し、そして改めて満足げにそれを抱きしめた。

「では、もう一度改めて。小畑精神科クリニックへようこそ！　今日はどうされました？」

ニッコリと目を細めて、小畑は訊いてきた。

「昨日、会社で激しい頭痛で倒れてしまって、それで救急車で新橋中央病院っていう総合病院に運ばれたんですけど……」

そう優子が説明し始めた途端、小畑はあっさり彼女の言葉を遮った。

「あ、それ、ストレスですね」

「え？」

「ストレスです」

「……あの、私、まだほとんど何も話してないんですけど」

「でもわかりますよ。頭痛でしょ？　それはストレスです」

「頭痛だと全部ストレスなんですか？」

思わずカチンときて、優子はやや棘のある口調でこう言い返した。と、小畑はその優子の口調に、何倍もカチンときたようで、ムーミン・クッションを横に放り投げると大声でこうまくし立てた。

「ぼくの診断を疑うんですか？　そりゃ脳梗塞の時もあれば脳溢血の時だってありますよ？　ぼくだって、医師免許持ってるんですからね？　そのくらいの知識はありますよ。当たり前じゃないですか。ぼくを甘く見ないでください。ただね。うちに紹介状持たされてやってきたってことは、検査で異常が無かったってことでしょ？　ＣＴやってもＭＲＩやっても何にも、何にも、なーーーんにも見つからなかったってことでしょ？　じゃあ、残る選択肢は何？　ほら、何？　教えてくださいよ！」

何なのだ、この男は。ニコニコしていたかと思うと突然キレる。危険だ。こういう人間こそ精神科で治療を受けるべきじゃないのか。医師が患者に向かって「病気の原因、教えてくださいよ！」とはなんたる暴言だろうか。優子はあまり短気な方ではないが、この小畑という男には猛烈に腹が立ってきた。なので、

「そんなの、私にわかるわけないじゃないですか！」

と小畑と同じくらいの語気の強さで言い返した。

「なーんだ。わかんないんだ！」

小畑は小学生のアホアホ男子のような口調で言い返してきた。

「はい、わかりません！　だから、病院に来てるんです！」

「だから、お教えしてるんです！　原因はストレスです！」

「だから！　なんでそう言い切れるんですか？」

「じゃあ、あなた、全然ストレスがないんですか？」

「は？」

「会社で倒れたんでしょ？　そんなの、会社が嫌いだからに決まってるじゃないですか？」

「は？」

「それも知らないんですか？　じゃあ、お教えしましょう。あなたは会社が大嫌いなんです！　だから、会社でぶっ倒れたんです！」

「私、まだ会社のこと、何も話してませんけど！」

「話さなくたってわかりますよ！　ぼくは医師なんですよ？　あんたは会社が大嫌いで！　多分、それにトドメを刺すような嫌なことがあったんだ！　それでストレス反応でぶっ倒れた！　そうに決まってる！」

決まってる！　という言葉に合わせて、なんと小畑は優子に人差し指を突き出した。優子は頭の芯がクラクラしてきた。もしかしたら、自分はまだ頭痛で倒れたまま悪夢を見ているのではないだろうか。

一度、大きく息を吸ってみた。

落ち着こう。

バカを相手にする時に、同じ土俵で勝負してはいけない。

とにかく落ち着こう。

息を吸ったら、今度は大きく吐くのだ。そして、あえて丁寧な口調を心がけながらこう説明した。

「小畑先生。突然の頭痛で倒れた日も、いつもと同じ普通の日でした。何もストレスのかかる事件とか起きていませんし、誰かと喧嘩もしていません。言い争いもしていません。もちろんイジメられたり意地悪をされたりとか、そういうこともありません。ちなみに、今の職場は私が第一希望で入った会社で、就職ランキングで毎年ベスト10に入るような人気企業です」

小畑は、優子のその言葉を聞くと、突然、両手を大きく横に広げた。まるで、ミュージカル・スターのように。そして、大きく頭を左右に振った。

「オー・マイ・ガッ」

「は?」

「かわいそうに。あんたは、バカだ」

深いため息とともに、小畑は言った。

「はあ?」

バカと心の中で罵った相手から、まさか数秒後に同じ言葉を返されるとは！が、小畑は優子の様子など何も気にせず、大きくロー・テーブルの方に身を乗り出し、なぜか急に田村正和が演じる古畑任三郎の真似をしながらこう言った。

「なぜ、頭痛が起きたのか……それは、あー、あなたがかなりの、あー、バカで、現実を直視しないからです。嫌なことを嫌と認めたり？　それを口にしたり？　抗議したり？　あれこれ仕返ししたり？　とにかく何かでストレスを解消してれば、そんな風に、あー、倒れるほどの頭痛になるまで、ストレスはあなたのカラダに溜め込まれたりはしなかったでしょうに……やれやれ」

「は？」

全然似ていない。と、突然、また小畑の口調が変わった。

「もう一回だけ、チャンスをあげよう。絶対その日、あんたは嫌なことを思いっきり我慢したはずだ。無自覚とか無意識とかそういう言い訳は無し！　もう一回、心を無にして、その日に起きたことを思い出しなさい！」

いつの間にか、丁寧語すら小畑は使わなくなっていた。しかも、最後は命令形である。これが精神科？　これが心療内科？　カウンセリング？　優子の常識とは全て逆のことが起きている。

「さあ！」

また小畑が大声を出した。

そんなの、何度思い返しても同じことだ。あの日もごくごく普通の平凡な一日でしかない。

「普通に、電車で出勤して……」

すぐにまた小畑が遮った。

「もっと細かく!」

腹立たしかったが、抗議しても徒労になる予感しかしなかったのでやめた。

「普通に、電車で出勤して……朝、企画書を作って上司に出しました。『日本人で初めてメジャー・リーグで活躍した選手・野茂英雄』。上司は別に出来栄えについては何も言わなかったので、私はその後も普通に日常業務を……」

「ちょっと待った!」

またも小畑が遮った。この男は、本当に人の話を聞くということができない男なんだなと優子は理解した。

「なんですか?」

「今、あんた、モーレッツに変なことを言ったぞ？」

「は？」

「日本人で初めてのメジャー・リーガーが野茂だとか」

「や。そうは言ってません。初めて活躍した選手って……」

その優子の言葉を最後まで聞かず、小畑は怒りの形相で立ち上がった。

「そんな無礼な言い方をして許されるとでも思ってるのか？」

「はい？」

「そんな言い方をしたら、まるでマッシー・ムラカミは活躍していないみたいじゃないか！」

優子は驚いた。

「え？　マッシー・ムラカミを知ってるんですか？」

小畑は、上方からじっと優子を睨みつけてこう言った。

「日本人で初めてのメジャー・リーガーはマッシー・ムラカミだ。メジャーできちんと戦力として通用し、評価されたからこそ、強引に日本のプロ野球界が彼を連れ戻したんだ。だから、日本人で初めてメジャー・リーグで活躍した選手も、マッシー・ムラカミだ。彼こそがパイオニアなんだ」

「……」

「そのパイオニアに、どうして最低限の敬意も払えないんだ。だからバカは嫌いだ。ぼくはもう帰る」

そこまで言うと、小畑はムーミン・クッションを持ったまま、本当に部屋から出て行った。ここは彼の病院なのに。紹介状を持ってやってきた患者をひとり残して。隣の部屋のドアが乱暴に開き、更にその向こうの部屋のドアも乱暴に開けられる音がした。そして、遠くから大声で、

「バカと同じ土俵に立つと、ぼくまでバカになっちゃうからね！！！」

と、捨て台詞が飛んできた。

バタン。

玄関のドアが閉まり、優子の周りに静寂がやってきた。

初めて訪れた場所で……それも、一応は「病院」と呼ばれる場所に、優子はひ

とり取り残されたようだった。会計は？　いや、お金を払わなければいけないようなことは何もまだされていないとは思う。思うが……そもそも、優子は「カウンセリング」というものを知らないので、あの喧嘩腰の、限りなく罵り合いに近い大声の会話も、「あれがカウンセリングだよ」と言い張られる危険性もゼロではない気がした。優子は、少しだけ、小畑の帰りを待つことにした。ここは彼の個人病院なのだ。いくらなんでも、出て行ったっきり帰ってこないということはないだろう。

ひとりでソファに座っている間、小畑の一言を優子は何度も考えた。

「日本人で初めてのメジャー・リーガーはマッシー・ムラカミだ」

……その通りだ。今は優子もそれを知っている。

「メジャーできちんと戦力として通用し、評価されたからこそ、強引に日本のプロ野球界が彼を連れ戻したんだ」

……その通りだ。ネットにはその情報も書いてあった。なので、優子はそれも知っていた。

「だから、日本人で初めてメジャー・リーグで活躍した選手も、マッシー・ムラカミだ。彼こそがパイオニアなんだ」

……その通りだ。私だってそう思ったから、一度は上司の青池に……

「そのパイオニアに、どうして最低限の敬意も払えないんだ」

「そのパイオニアに、どうして最低限の敬意も払えないんだ」

「そのパイオニアに、どうして最低限の敬意も払えないんだ」

確かにそうだ。その通りだ。まったくもって正論だ。あまりにも道理が通っていて腹が立つほどの正しさだ。

あの時、青池に聞けばよかった。

「『世界に初挑戦したパイオニアたち』が企画コンセプトのこの番組で、野茂選手が『初めてメジャー・リーグで活躍した選手であり、パイオニアだ』と紹介されているのを、もしマッシー・ムラカミさんご本人が観たらどう思うでしょうか？」

ああ、そうだ。マッシー・ムラカミだけじゃない。野茂英雄本人だって、嫌だろう。彼は当然、自分より三十年も前に、日本人として初めて大リーグの試合で投げ、勝ち投手になった村上雅則という選手のことを知らないわけはないからだ。優子の書いた企画書は、真のパイオニアと、勇気を出してその彼に続き、その活躍で日本中を熱狂させた偉大なピッチャー、その二人ともに対して、無礼極まりない企画書だった。

ああ、そうだ。

急に、優子の中に、ある確信みたいなものが降りてきた。

（認めないように、認めないようにと思っていたけれど、私は確かに嫌だった。あれを書けという会社が。あの企画を通すというテレビ局が。あの企画でいいんだよと言った恋人の拓哉が。そして、ろくな抵抗もせずに、仕事だし上司の命令だからとそれをそのまま書いた、自分自身が嫌だった……）

優子は時計を見た。

小畑が出て行ってから二十分近く経っていた。タバコ一本、あるいはコーヒー一杯くらいなら、そろそろ戻ってきてもいい頃だ。彼が戻ったら、もう一度、今の話をしてみようと思った。いや、より積極的に、「話したい」「聞いてほしい」と思っていた。少なくとも彼は、恋人の拓哉のように、

「これが企業の決算だったら」

とか、

「ビジネス的な物差しで考えるなら」

とか、

「詐欺にならない範囲で日本語をいじる。合理的だよね」

なんてことは言わないだろう。それだけでも、話す価値はありそうだ。それで、優子は更に待つことにした。患者を置いて飛び出して行った非常識さは気になるけれど、さすがに戻ってきた時は彼も冷静さを取り戻しているだろう。「さっき

は申し訳ありませんでした」と詫びの言葉のひとつも言ってくれるだろう。それでいい。それでさっきの言い合いは水に流して、今日の本題に改めて入ればいい。そう優子は考えた。

だが、優子は、小畑という男の非常識さを、ある意味、まだ過小評価していた。頭を冷やして帰ってくる、という予想は、どちらも当たらなかった。彼は、自分の頭は冷やしたりせず、そして、自分の職場に帰ってくることもしなかった。

結局、優子は、午前中いっぱいそこで無駄な時間を過ごし、そして憮然とした気持ちのままひとりで帰ることになった。玄関の鍵は持っていなかったので、ドアは、そのまま、開けっ放しで。

予定より一時間以上遅れだが、それでも会社に向かうことにした。朝のラッシュと違い、電車が空いているのは有り難かった。ドアの前に立ち、窓から地下鉄の無味乾燥な闇をぼんやりと眺めながら、自分の体にまた異変が起きないか、あの激しい頭痛がまた襲ってこないか、神経はそちらに使う。頭痛の兆候は今のところ無い。そのまま、特に問題も起きずに、十二時半に会社のある溜池山王の駅に着いた。

会社に行くと、優子の所属するテレビ・ラジオ局課が何やら騒然としていた。

「差し替えは？」

「何時まで？」

「警察の発表は？」

「示談にはできてないのか？」

「とにかく確認しろ！」

などの怒号が飛び交っている。課長の青池は、ずっと誰かと電話をしている。その緊張で体に力の入った様子と、媚びた声色から、電話の相手は自社の役員クラスか、あるいはクライアントのお偉いさんだろうと優子は推測した。

「何かあったんですか？」

たまたま近くを通りかかった谷中に尋ねる。

「あー。んー。一言で言うと、淫行？」

「はい？」

「うちが八億で取ってきた例のオールスター・コマーシャルあったろ？　携帯会社のさ。ドラマ仕立てになってるやつ。そんなかのひとりが十七歳の女とやっちゃって、明日発売の週刊誌の巻頭でドカーンとやられることがわかったのさ」

「え……」

「今オンエアしてるやつをどうするのか。今後のバージョンはどうするのか。そいつを降ろして再撮するのかしないのか。でも、他のキャストもみんな売れっ子だからスケジュールがあるのかないのか。損害賠償とかどうするのか。ま、そんなこんなで大騒ぎしてるってわけ」

「それは、大変ですね……」

と優子が言うと、谷中は、オーバーに肩をすくめながらこう言った。

「ま、その若手俳優使いたいって言ったのはクライアント側らしいから、うちは大したダメージにはならないでしょ。その淫行野郎が、うちが押したキャスティングだったらヤバかったけどね」

「そういうものなんですか？」

「そういうものだよ。だからさ。リスクをなるべく取らないっていう習慣は大事だよな。たまたまワンチャンあってやっちゃった女が年齢嘘ついてたってだけで、人生終わったりするかもしれないんだから。それも、自分がやったんじゃなくて、他人のセックスで自分の人生が終わるとか、目も当てられないだろ？」

「そ、そうですね……」

リスクを取らない習慣か。似たようなことをそういえば拓哉も言っていたなと思い出した。テレビ局側から野茂と言われているのだから、そのまま野茂……というのも、ある意味同じ文脈だなと優子は思った。野茂で数字を取れなくても、こちらの責任にはなりにくい。でも、マッシー・ムラカミをこちらが押し通して、結果、数字が悪ければ、それは全面的にこちらの責任になる。青池の理屈も、拓哉の理屈も、谷中の理屈も、全部一緒だ。なるべくリスクを取らない生き方が賢いのだと言っている。

自分のデスクに座り、パソコンを開いてメールのチェックをしているうちに、十三時になった。同期入社の佐々木千尋《ささきちひろ》と、一期下の望月佳奈《もちづきかな》が立ち上がる。そういえば、今週は、優子のランチは遅番だった。そして、ランチはいつもこの三人で食べるのが慣例になっていた。食べる場所もだいたい決まっている。月曜は、近くの和風居酒屋のランチで焼き魚か煮魚の定食。水曜はイタリアン・レストラン。金曜は中華。そして火曜と木曜は、食費節約のために二十八階にある社員食堂に行く。安いことは安いが残念ながら美味しくはない。今日は水曜なので、イタリアンである。一週間のラインナップの中で一番値段は高いが、一番優子が好きな店だ。店の外に、赤と白と緑の国旗のディスプレイ。そして、路地にはみ出るように置かれた大きなメニュー・ボード。縦長の黒板に白いチョークで、その日のランチ・メニューが書かれている。こげ茶色の木枠のガラスドアは重く、力を入れて引くと、中からにんにくとチーズとオリーブ・オイルの匂いがふわっと香ってくる。店内は明るく、大きな窓と、アンティークらしい大きな木のテーブルと椅子と、そして、程よく落ち着いた赤のテーブル・クロス。この店に来ると、いつも少しだけ気分が上向くのだった。

だが、その日は「イタリアン効果」は全くなかった。

本日のランチ、一二〇〇円の「グリーンサラダとサーモンとほうれん草のクリームパスタ」を食べながら、優子はずっと同じことをグルグルと考えていた。

リスクを取らない賢い生き方。

賢い拓哉。

賢い青池。

野茂英雄とマッシー・ムラカミ。

そして、非常識すぎる精神科医、小畑竹踏。

千尋と佳奈は、最近試したアルガン・オイルが予想以上に良いとか、知り合いがリンパ・マッサージの店を始めたんだけど初回は無料だから一度試してみようと思っているとか、スフレの美味しいカフェを見つけたとか、でも糖分はアンチエイジングの敵だとか、ＧＩＮＺＡ　ＳＩＸの中村藤吉本店はもう並ばなくても入れるみたいだとか、そんな話をずっとしていたけれど、優子はずっと生返事ばかりだった。

と、その時だった。優子の携帯が、バッグの中でポロロポロロと鳴り始めた。取り出して画面を見る。「北田《きただ》一成《かずなり》」という男の名前が表示されていた。優子は、北田というのが誰なのか、すぐには思い出せなかった。仕事関係だろうか。そうだろう。名前が表示されるということは、以前に優子が自分で連絡帳に入力したからに決まっている。なので、とりあえず、電話に出た。

「もしもし」

「こんにちは。井川さん、お久しぶりです。北田です」

声を聞いても、まだ思い出せなかった。とはいえ、やはり相手の口ぶりからして仕事関係の人のようだったので、不用意に「どちら様でしたっけ」とも言えず、優子は黙ってしまっていた。と、相手はすぐに言葉を続けてくれた。

「ええとですね。東日本トラベルという会社に在職時に、いろいろとお世話になった北田です」

「あ」

優子はやっと思い出した。

北田さん。下の名前は覚えていない。東日本トラベルという旅行代理店の、確か営業部長さんだったと思う。お世話になっただなんてとんでもない。まだ新人だった優子が、研修を兼ねて参加したとあるプロジェクトで、しばらく一緒に仕事をした。誰に対してもあたりがソフトで優しい人だった記憶がある。在職時、という言い方をするということは、北田はあの会社をその後やめていたのか。それは知らなかった。

「二年ぶりになります。お元気でしたか？」

と、電話の声は続いた。

「はい。お久しぶりです。元気にやっております」

本当は、気力体力ともに全然元気ではなかったし、昨日は勤務中に倒れて救急車で運ばれる騒ぎまで起こしているのだが、そんな報告はもちろんしなかった。

「実はですね。今日久しぶりにお電話差し上げたのは、折り入って井川さんにご相談したいことがありまして」

「え？　私に、ですか？」

「はい。あなたに、です」

「え……な、なんでしょう」

優子の勤める会社は誰もが知る大企業だが、優子自身はしがない雑用係でしかない。かつては同じくらい大きな企業の部長職だった人が、自分に何の相談があるというのか。全く予想がつかなかった。

北田は、昔と同じ深みのあるバリトンの声で、

「できれば、電話ではなくて、直接お会いしてお話をさせてもらえると嬉しいのですが、どうでしょう」

と言った。

「え？　直接、ですか？」

「はい。大事な話は、やはり直接お会いしてするのが一番だと思うのです」

「は、はあ」

ますます想像がつかなかった。しかし、だからと言って、断る理由もなかった。

それで、

「昼休みの時間でしたら、会社の近くなら大丈夫だと思いますけど……」

と答えた。

「ありがとうございます！　では、善は急げで、明日のお昼ではどうですか？」

「明日、ですか？」

「はい」

「明日、ですね。ちょっと待ってください」

携帯のカレンダー・アプリを確認するかのように、優子は一度携帯を耳から離した。なかなかの急展開に気持ちがやや動揺している。ただ、明日の昼に何の用事もないことは明らかだった。ただ、目の前のランチ仲間に「明日はちょっと用事ができた」と一言いえばいいだけだった。それで、数秒ですぐに電話に戻り、

「はい。明日で大丈夫です」

と返事をした。

「ありがとうございます。では、ランチの場所は後でメールで入れておきますね。メアド、変わってないですよね？」

「はい。変わってません」

「よかった。あ、あとですね、お時間ある時に、『スペース・トラベラー』っていう、宇宙旅行のシミュレーションができるウェブサイトがあるんで、一度遊んでみてもらえますか?」

「は?」

「そのページのアドレスも後で一緒に送っておくので、仕事に煮詰まった時に気分転換で。いいですよ。宇宙の大きさに比べたら、稟議書の些細な誤字脱字くらい、どうってことないってよくわかりますよ。じゃ」

電話は、そこで終わった。稟議書って何のことだろうと思い、そういえば新人の時に、上司の青池がやたらと誤字脱字や行頭の揃え方とかにうるさいという愚痴を、社外の北田にしてしまったことがあったのを思い出した。

スペース・トラベラーか。

後で、見てみよう。どうせ、今日も丸一日、雑用しかやることはないのだ。

翌日。天気は快晴だった。

昼休みの時間になると、優子はランチ仲間に今日は別行動でと告げ、ひとり、北田にメールで指定された場所に向かった。そこは、飲食店ではなく、ただの公園だった。前日の夕方に来た北田からのメールには、ランチの店のホームページではなく、「御社の正面にある公園のベンチでお待ちしています」と書いてあったのだ。そこは、徒歩で十分もかからずに一回りできるくらいのこぢんまりとした公園で、ただ緑がふんだんにある綺麗で気持ちのいい場所ではあった。通りに面した入口の右手に小さな池もある。親子連れがいる。犬の散歩をする老夫婦がいる。ヘッドフォンを掛けてウォーキングをしている中年の女性がいる。象の鼻の形のすべり台で遊ぶ男の子と女の子とその母親らしき女がいる。そして、公園の奥に、三人掛けの長さのベンチが二つあり、そのうちの陽のよく当たっている方のベンチに、北田が既に来て座っていた。優子を見つけると北田は立ち上がり、「お久しぶりです」と言いながら、スマートに右手を差し出してきた。優子は、ふだんあまり握手の習慣がなかったので少し照れを感じたが、「お久しぶりです」

と素直に北田の右手を握り返した。北田は、ジーンズにオフ・ホワイトの長袖のTシャツ一枚というラフな服装だった。優子の中での北田は、無難なダーク・グレーのスーツに、ストライプのネクタイをいつも締めているというイメージだったので、ずいぶんとキャラクターが変わったように感じた。少し、前より日焼けもしているように見えた。そのせいか、やや精悍に、そして若く見えた。

「天気予報サイトを見ていたら、今日は絶好のピクニック日和と書いてあったんですよ。なので、最初は普通にお店を予約するつもりだったんですけど、思い切って、公園にしてしまいました。すみません」

そう言って、北田は頭を下げた。それから、手にしていた大きな紙袋を持ち上げてみせながら、

「その代わり、料理は最高ですよ。今、アメリカのニューヨークで一番人気のあるハンバーガー・ショップが新橋に日本第一号店を出店しましてね。そこで、三十分並んで買ってきました。こいつは本当に美味しいので期待してください」

と言って、ニコッと笑った。

確かに、素晴らしい天気だった。いつもなら社員食堂の味気ないA定食を食べていたのだ。それに比べて、北田のチョイスは素晴らしいと思った。

ふたりで並んで座り、ハンバーガーを頬張る。そして、北田が手際よく準備しておいてくれた魔法瓶から、程よく苦くコクのあるブラックのホット・コーヒーをいただく。それは、拓哉の淹れるコーヒーとはまた違った旨さだった。

「スペース・トラベラー、やってみました？」

本題に入る前に、北田はそんな質問をしてきた。

「はい。実はかなりやってしまいました」

昨日の電話の後、優子は一応、スペース・トラベラーのサイトにアクセスはしてみた。やる前は、きっとGoogle universeと似たようなものだろうと勝手に決めつけていたが、実際はかなり違っていた。例えば、優子が地球を飛び立ち火星に近づくと、火星人らしきツアー・コンダクターが現れ、「着陸しますか？　ただ、この時間だと火星の地表の温度はマイナス八十度前後なので、もう少し厚着をお勧めします」とか話しかけてくるのである。そして、次に木星に近づくと、今度は木星人らしきツアー・コンダクターが現れ、「パラシュートと熱気球とハング・グライダーと、みっつのオプションがありますが、あなたは大赤斑の嵐をどのアイテムで楽しみますか?」などと聞いてくるのである。それがやけに楽しくて、実は優子は勤務中のかなりの時間を、こっそりそのサイトで遊ぶのに使ってしまっていた。

「実はあれ、私の会社が作ったサイトなんですよ」

そう北田は言い、優子に名刺を差し出した。名刺には「SORA TABI 代表取締役社長　北田一成」と記されていた。

「SORA TABI……」

「一応自分の中ではですね、SORA は空ではなく、宇宙のチュウの宙なんです。それをまあ、旅してみたいよねという……そのまんまで芸はないんですが」

「いえいえ。素敵です。シミュレーション・サイトを作る会社なんですか?」

「いえ。違います。あれは、まあ、ただの遊びで、本業は、ロケットの開発です」

「え？　ロケット開発！　すごい！」

　思わず、大きな声が出た。

「いつもいつも格安のハワイツアーとか、香港マカオ三日間、みたいな商品ばかり作るのに飽きてしまって。自分は一体本当は何がしたかったんだろう。自分が一番作りたい旅行商品ってなんなんだろうって考えるようになりましてね。で、ある日、ハッと気がついたんですよ。自分が行きたいのは宇宙だ。やりたいのは宇宙旅行だ。でも、前の会社に百年いてもそんな仕事はできそうにないので、それで、自分でそういう会社を作ることにしたんです」

「へええ」

「で、宇宙旅行って言っても、そもそもロケットがないと行けませんからね。で、まずはそのロケットの開発だな、と」

「へええ」

　へええ、という言葉しか出てこなかった。脱サラしてラーメン屋さんをやるとか、地方で農業をやるとか、パソコンのスキルを生かしてＩＴビジネスをやるとかなら、まだ優子の想像力でもついていけるが、宇宙旅行でロケット開発と言われると、もう全然現実味がわかなかった。だいたい、そういうビジネスっていくらくらいの元手がかかるものなのだろう。

　北田はしばらく「へええ」を繰り返す優子を見ていたが、やがて、静かに本題を切り出してきた。

「それで、今日お呼びたてしたお願いの件なのですが」

「あ、はい」

「井川さん。今の会社をやめて、SORA TABIに転職してはもらえませんか？」

「は？」

「あなたに、うちの会社の社員になってもらいたいんです」

「……え？」

　あまりの予想外な展開に、優子は固まってしまい、それから今度は逆にあたふたと手も足も挙動不審な動きをした。意味もなく周囲を見回す。通りに面した入口の右手に小さな池もある。親子連れがいる。犬の散歩をする老夫婦がいる。象の鼻の形のすべり台で遊ぶ男の子と女の子とその母親らしき女がいる。ヘッドフォンを掛けてウォーキングをしていた中年の女性は既にいなくなっていて、代わりに真っ黒なサングラスをかけた小太りでやや頭髪の薄い男が新聞を読んでいるのが見えた。

「驚かれるのは当然だと思います。でも、ぼくも決して安易な思いつきで行動しているわけではありません。お返事は急ぎませんので、どうかじっくり考えてみてください。そして、よければ一度、SORA TABIのオフィスに遊びに来てください。みんなで歓迎しますから」

そう言うと北田は立ち上がった。いつの間にか、優子の昼休みの時間が終わろうとしていた。でも、優子は立ち上がれなかった。青天の霹靂というやつは、腰が抜ける、というのと同じ意味なのだなと優子はその時初めて知った。

その後、昼休みの規定の時間を五分近くオーバーして、優子は自分のデスクに戻った。戻った後も、パソコンのキーボードの上に両手を載せたまま、しばらくぼんやりと、マイクロソフト社が勝手に背景写真に設定した、どこか遠い国の美しい湖の写真を見つめていた。

どのくらいそうしていただろうか。谷中が、デスクの横を通り過ぎざま、優子の顔の目の前に手を突き出し、その掌を無言でひらひらとさせた。（サボってるんじゃねーぞ）という意味だろう。慌てて優子はパソコンのエンターキーを叩き、退屈なエクセル画面を表示させることで、自分を強引に仕事モードに戻そうとした。

でも、この日の優子は、とにかく仕事に集中できなかった。五分ほど数字を入力しては手が止まり、また五分ほど数字を入力しては手が止まる。そんなことを延々と繰り返した。

席を立ってトイレに行き、個室の中で「SORA TABI」と携帯で検索してみる。

会社のホームページはきちんと存在した。

トップ画像には、美しい天の川の写真。そして、会社概要。資本金は二二〇〇万円。会社の所在地は、当たり前だが、先ほど北田からもらった名刺に書かれていたものと同じである。ただ、それ以外のページは全て「coming soon」となっていて、このホームページを見ただけでは、この会社が一体何をする会社で、どういうビジネス展開を考えている会社なのか、さっぱり知ることはできなかった。

北田さんが、怪しい人だとは思えない。

北田さんが、私を騙そうとしているとも思えない。

そもそも北田さんには、私を騙すメリットがない。

そして私は、子供の頃から実は宇宙は好きだった。

そこまでひとり、自分の頭の中でブレーン・ストーミングをしていて、優子は急に思い出した。そういえば、北田と一緒に働いていた時に一度、彼と宇宙の話をしたことがある。どういう経緯でその話になったのかは忘れてしまったが、何かの弾みに、

「実は私、最近、寝る前に十五分だけ、スティーヴン・ホーキングの『宇宙への秘密の鍵』っていう本を毎日読んでいるんですよ」

と言ったのだ。

「へええ。井川さん、宇宙が好きなんですか?」

北田は、さっとその話題に反応した。そうだった。あの時、北田の表情が急に生き生きとしだしたのも優子は思い出した。

「別に、すごくマニアだとか、高校時代に天文部だったとか、そういうのじゃないんです。ただ、寝る前に宇宙の本を読むと、『あー宇宙って本当に大きいんだなー。その宇宙の大きさに比べたら、私が今、仕事で感じているプレッシャーとか、そういうのって本当に本当に小さなことなんだなぁ』って思えるじゃないですか。『稟議書の誤字脱字くらいどうってことないぞ』って。そうすると、なんていうか、急に心が楽になって、で、心が楽になると、ストンと眠れたりするっていうか」

そう優子が説明すると、「わかるなあ、それ」と、北田はなぜか小さくガッツポーズをしながら言った。そして、

「そうなんですよ。宇宙って本当に、とてつもなく大きいんですよ。私は、宇宙

のことを考えると、逆に相手が大きすぎてめまいがしちゃうんですよね。あ、ちなみに私が寝る前に愛読しているのは、カール・セーガンという人が書いた『コスモス』という本です。ちょっと古いんですが、当時はベスト・セラーになった本で、私はそれをもう三回も買い直しているんです」

と言って、白い歯を見せて笑った。あの時、優子はただ、（北田さんってリアクションの大きな人なんだなあ）としか思わなかった。

もしかして北田は、その時のことを覚えていてくれたのだろうか。それで、宇宙好きの珍しい女ということで、今回、私に転職の誘いをしてくれたのだろうか。

いやいや、いやいや。

そんなこと、あるわけがない。どんな企業でも、正社員を雇うというのは、とてもとても重大な事案である。日本という国は、まだまだ終身雇用制度の根深い国で、一度正社員として雇ってしまうと、おいそれとクビにはできない。思いつきで雇ってみて、ダメならダメでさっさとクビにして有能な人間をまた探す、みたいなことはできない。なので、北田が、あの時そんな雑談をしたというだけで自分を選ぶというのは、あまりにもリアリティの無い話だ。

いつまでもこうしてサボっているわけにもいかなかったので、仮説のひとつも出せないまま、優子はトイレの個室を出て自分のデスクに戻った。と、いつの間にか千尋が彼女のデスクに来ていて、堂々とスターバックスのテイク・アウトのカフェ・ラテを飲みながら、阿闍梨餅《あじゃりもち》をムシャムシャと食べていた。

「千尋?」

「お得意さんから、京都出張のお土産ですってもらったんだよね。なので、優子にもおすそ分けって思ってさ。あ、ついでにコーヒーも」

千尋は、言いながら、箱にどっさり入った阿闍梨餅を優子に勧め、自分は空いていた隣の椅子によっこらしょと動いた。

「あ、ありがと」

優子は、自分の椅子に座り、千尋の差し入れのコーヒーにまず口をつけた。

「あの人さあ、たぶん、私のこと好きなんだよね」

千尋は、迷惑そうな口調で言った。

「ん？」

「だから、この阿闍梨餅男。しょっちゅう、こうやって私にお土産くれるの。『佐々木さんにはいつもお世話になってますから』って。めっちゃ腰が低くてさ。私より十歳も年上なのに」

「単に、千尋がその人の仕事の窓口だからじゃないの？」

「いいや、違うね。あれは、ちょっと私のことが好きなんだよ。うん。時々、私とやりたそうな感じで見てるもん」

「……」

優子は、そのお土産男性とは面識がなかったので、千尋の話にどうリアクションをしていいかわからなかった。なので、ただ、黙って肩をすくめてみた。千尋も、別にそれ以上、その男について話がしたいわけでもなかったようで、もぐもぐと無表情に阿闍梨餅を食べていた。

「ところでさあ。千尋って、うちの会社辞めてどっかに転職しようとか、思ったことある？」

「は？」

「転職」

「優子、転職したいの？」

「いや、そういうわけじゃないけど、ふとね。ふと」

「……」

「例えば、ちょっと楽しげなベンチャー企業とか。まあ、お給料はちょっとは下がっちゃうんだろうけど」

「……それって、この前のランチの時の電話？」

「あー、んー、まあ」

「……」

千尋はしばらく思案していたが、やがて、手に残っていた阿闍梨餅を全部口に放り込み、コーヒーと一緒に飲み込んでから、こう答えた。

「それは、ぶっちゃけ、付き合ってる男次第かな」

「は？」

「その時付き合ってる男がけっこうハイ・スペックな相手で、そして、まああ真剣に自分との結婚も考えてるみたいだったら、若いうちに、一度はそういう冒険もありかなって思う」

「……」

「だから、今の優子の立場なら、ベンチャーに行くとか全然ありなんじゃないかな。優子の彼氏、経産省のキャリアでしょ？　ぶっちゃけ、ちょっと腹が立つくらいのハイ・スペックだもん」

「……」

「でも、例えば私だったら、付き合ってる男が、いまだにバイトしないと食っていけないような売れない役者でしょ？　こういう男と一緒にいようと思ったら、なかなか私まで冒険するっていうのは難しいよね。男の方だってさ、私がでっかい会社のＯＬで、女にしてはそれなりにお金稼いでるっていう、そういう部分も込みで私と付き合ってるのかもしれないしさ」

「そんなことはないと思うよ。ヨシ君は、純粋に千尋のことが好きなんだと思うよ」

そう慌てて優子はフォローをした。が、自分の言っていることが正しいと確信があるわけではなかった。そもそも優子はヨシ君と面識があるわけですらなく、千尋からあれこれ話を聞いたことがあるというだけなのだ。なので、千尋も優子のフォローは完全にスルーしていた。そして、阿闍梨餅をもう一つ食べることにしたらしく、包装の袋をビリリとつまらなそうに破いた。

「で、優子のところは今どうなの？　拓哉君とは変わらずラブラブなの？」

ラブラブ、という単語はしっくりこなかった。でも、別に仲が悪くなってきたわけではない。喧嘩らしい喧嘩もしたことはない。

「まあまあ、かな」

「ならさあ、私としては、転職する前に、まず今の勢いのままサクサク結婚までなだれ込むのをオススメするな」

「え？　結婚？」

「そう結婚。大事でしょ。結婚。私はほら、今は楽しくても、相手の仕事的に、やっぱりそこまでは思い切れそうにない相手だからさ。今度、婚活サイトとかにも登録してみようかなとか考え始めてるんだよね」

「ちょっと待ってよ。婚活サイトって、私たちまだ二五だよ?」

と、その優子のリアクションを、千尋は鼻で笑った。

「まだ、じゃなくて、もう、二五だよ。で、自分で思ってるよりも、歳っていうやつはこれから更にどんどん早く進むからね」

「……」

「私が、今のオトコと別れたとして、それですぐに新しいオトコを見つけたとして、それでそいつと結婚まで行くとして、その過程をスムーズに最短距離を突っ走ったとしても、まあまあ二年とか三年はかかるわけでさ。と、二七歳とか二八歳になってるわけじゃない? ちょっと途中でトラブルがありました～～とかなると、もう二九とか三〇とか。どうよ。この恐ろしい現実。なので、冒険するならまずは保険をかけたいし、保険がかけられるなら冒険もありっていうのが私の意見かな」

「……」

なんとも言いようがなくて、優子もふたつめの阿闍梨餅に手を伸ばした。と、背後から、

「おまえら、よくそう堂々と仕事をサボれるな」

という声がした。谷中だった。

「まあ、俺もちょっと今バテ気味で糖分補給がしたいんだ。そのまんじゅう一つくれたら見逃してやるぞ」

「まんじゅうじゃなくて、阿闍梨餅です。でも、ダメですよ。『女性の皆さんで食べてください』って言われて貰ったんですから」

そう千尋はピシャリと言った。

「そう言うなよ。今度、いい男紹介するから」

「どんな？」

「なんと！　サッカー選手！」

「パス」

「芸人のたまご！」

「パス」

「じゃあ、仮想通貨の取引所の経営者。若いのに信じられないくらいカネ持ってるらしいぞ」

「パス」

千尋はそれでも、阿闍梨餅をひとつ、谷中に放った。

「これ、貸しにしときますから、次はもう少し堅実なのをお願いします」

と言った。谷中は、

「おまえって、案外、退っ屈な女だな」

と笑いながら、阿闍梨餅を手に去って行った。

「さてと、私もそろそろ休憩の限界かな」

そう言って、千尋も立ち上がった。立ち上がりながら、

「ま、とにかく、楽しそうだなって思ってるなら、優子の環境ならアリだよ。ベンチャー企業への転職」

と言った。

「そ、そうかな」

「そうでしょ。優子には、ハイ・スペックな彼氏っていうセーフティ・ネットがあるんだから、やりたいことにはチャレンジしていかないともったいなくない？人生は一度っきりなんだからさ」


千尋が去った後も、夕方まで、優子は一度もきちんと仕事に集中できなかった。幸か不幸か、そこまで集中しなくても支障がない程度の仕事しか担当していなかったので、特に問題は起きなかった。

数値を調べる。

数値を入力する。

それを表にする。

いくつかをグラフにする。

文字の一部を太字にしたり、網掛けをしたりする。

そしてまた、粛々と数値を入力する。

昔見た『フレンズ』というドラマで、チャンドラー・ビングがまんまこういうセリフを言っていた。そして最後に、

『まあ、こんなことをしてもしなくても、誰にも大した影響はないんだけどね』

と自虐的に言うのだ。

もし転職をするとなると、今こうしてやっている仕事とは「さようなら」ということになる。その時、自分は寂しさを感じるだろうか。結論は明らかだ。そんなもの、一ミリも感じないに決まっている。自分が今動揺しているのは、突然のヘッドハントにびっくりしているのもあるけれど、それよりも、自分が思っていた以上に臆病な人間だという現実に突然直面してしまったからだ。面白い仕事がしたいという気持ちより、「冒険する」ということへの恐怖心の方が強いのだ。理屈ではなく、反射的に、本能的に、(怖い)と思ってしまう。ああ、なんて、自分はダサい人間なんだろう。そんなことを、午後の間じゅう、優子は考えていた。

上司の青池は、ずっと、淫行トラブルに巻き込まれた例のコマーシャル・ドラマのフォローのために外出していて、結局この日は戻ってこなかった。なので、優子は誰からも嫌味も言われず、定時に仕事を上がることができた。まっすぐ家に帰る。１ＤＫの自分の部屋に着いた時、まだ窓から微かに夕日が見えた。でも、朝のコーヒーの飲み残しがキッチンでそのままになっていたし、赤いソファの背には洋服がだらしなく積み重なっていた。しわくちゃのシーツ。丸まったままの布団。部屋の隅の綿埃。気力を振り絞って、とにかくコーヒーの飲み残しをシンクに流し、水栓レバーを上げてカップに水を掛けた。と、その時、携帯が鳴り始めた。LINEでもメールでもなく、普通の電話だ。慌てて手を拭き、画面を見る。

「非通知」

そう表示されていた。出るべきか迷っていると、そのうち、電話は切れた。

「……」

一体、今のはなんだったのだ。そもそも、「非通知」などという文字を見たのはいつ以来だろう。きっと誰かの操作ミスなのだろうが、部屋を掃除しようという気持ちは見事に折られてしまった。気分はより低下していた。

キッチンには戻らず、ソファの上の洋服をただ横にずらし、Amazon のファイア・テレビ・スティックに電源を入れて Netflix を表示してみた。が、新作やオススメなどと言って向こうが勧めてくるのは、どれも雰囲気重ためのサスペンス系連続ドラマばかりだった。人間は、どうしてこんなにも、同じ「種」の命が不毛に失われていく物語が好きなのだろうか。今の自分の気分に合うものが一つもなかったので、またすぐに電源を切った。

そしてまた、北田からの話について考え始めた。

こういう時、自分は誰に相談をすれば良いのだろう。

普通に考えれば、それは恋人の拓哉なのだろうけれど、なんとなく、今はその選択肢に気持ちが乗らなかった。野茂とマッシー・ムラカミの企画書について相談をした時の、あの拓哉の理路整然とした、それでいてひとつも自分の心に響かないアドバイスを受けたことが、優子の中で、なんともいえない心の重しになっていた。相談をすれば、きっと拓哉は、優子の転職について、頭ごなしに否定はしないだろう。けれど、きっと賛成もしないだろう。もし拓哉が自分との結婚を考えているとして……（考えているのではないかと優子は想像している）……結婚後は優子に専業主婦になってほしいと思っているのであれば……（そう思っているのではないかと優子は想像している）……結婚までの残りわずかの時間、優子が大手の広告代理店に勤めていようが、海のものとも山のものともまだわからないベンチャー企業に飛び込もうが、そもそも彼はほとんど気にしないような気がした。

「ベンチャーはやっぱりそれなりにリスクは高いと思うし、社会的な信用度も下がることは間違いないよね。でも、それでもチャレンジしてみたいって優子が言うなら、もちろん俺は応援するよ。結局は、優子の人生なんだから、優子が自分の気持ちに正直に決めるのがいいんじゃないかな」

そんなようなことを、きっと優しいトーンで彼は言うだろう。寛容といえば寛容対応。でも、無関心といえば無関心。まあ、そんな感じだろう。

さて、どうしよう。誰かと話したいのだけれど、誰と話せばいいのかわからない。とりあえず、LINEでも開いて、トーク相手の一覧でも眺めてみよう。そんなことを思って携帯電話に手を伸ばした時、絶妙のタイミングで、また、電話の着信が来た。

画面を見る。

「非通知」

またしても、そう表示されていた。5コール目で、優子はそれに出てみた。

「……もしもし」

「……」

「もしもし?」

「……」

「もしもし?」

「……」

そこで、プツリと電話は切れた。なるほど。これは無言電話というやつだと優子は理解した。ただ、誰が、何のために、優子に無言電話をかけるのか、そこは全く想像がつかなかった。会社で人間関係のトラブルは無いし、異性関係も同様だ。自分の知らないところで拓哉にもうひとり別に女性がいて、その別の女性が拓哉の携帯を盗み見をして優子の存在を知り、ショックを受け、そっとその番号を控えて非通知で私の声を聞こうとした……いやいや。まさか。ありえない。なんてくだらない想像をしてるんだと、優子は苦笑いをした。

と、またしても携帯が着信を知らせる音を鳴らした。

画面を見る。

今度は、電話ではなく「ショートメール」だった。電話番号さえわかっていれば、短文に限りメールが送れるというアレだ。相手先の携帯番号が堂々と表示されている。それは、優子の携帯の連絡先には登録されていない番号だった。

何なんだ。気味が悪い。

優子は、警戒心を強めつつ、そのショートメールを開いた。と、予想外の文章が、優子の目に飛び込んできた。

あなたは最近、奇跡的な出会いに恵まれましたね。
これぞまさに天啓！
あなたは今、人生の岐路に立っているのです。
さあ！　今すぐ彼に会いに行きなさい！
彼に会って、彼に全てを相談するのです！

「？？？」

何だこれは。実に奇怪で、意味不明なメールだった。まず、この「奇跡的な出会い」というのは何のことだろうか。北田のことだろうか。いや、北田とは前々から面識はあったので、出会いという表現は変だ。そして、この「彼」というのは誰だ。今すぐ彼に会いに行きなさい？　彼に全てを相談するのです？　全く思い当たる相手がいない。北田からのヘッドハントの話を北田に相談をしにいくというのは全く辻褄が合わないので、この「彼」は北田では絶対ない。では「彼」

とは拓哉のことだろうか。例えば、千尋とかが「拓哉にも相談しておけよ。一応、彼氏なんだからさ」と遠回しにおせっかいなメールを送ってきたとか？　いやいや、それも変だ。千尋はそんなまどろっこしいことはしない性格だし、拓哉とは付き合ってもう何年にもなるのを彼女はよく知っている。なので、彼＝拓哉では、「最近、奇跡的な出会いに恵まれた」という文章と合致しない。

そもそも優子は、ヘッドハントの話を、千尋以外の誰にもしていない。なので、人生の岐路と言われて、北田からの話かとパッと思ってしまったこと自体が間違いなのだろう。これはあれである。インチキな占い師がよく使う、「ざっくりと抽象的なことさえ言っておけば、聞き手が勝手に自分の人生に置き換えて、『わ！　全部当たってる！』とか言って高額なお金を払ってくれてラッキー」というう、そういう種類の詐欺なのだろう。一瞬とはいえ、このメールの文面について真面目に考えてしまった自分の愚かさを優子は嗤った。だいたい、不用意にメールを開いてしまったこと自体、コンピューター・ウィルスの蔓延している今の世の中ではネット・リテラシー不足と責められて当然の行為だ。こういうものは、さっさと削除して忘れてしまおう。そう思って画面操作をしようとして、ふと優子は、このメールの送信者の携帯番号が堂々と表示されていることに、改めて引っかかった。

このメールが来る前に、二度、優子にかかってきた「非通知」コール。

あれと、これは、もしかして同一人物の行為ではないだろうか。

そしてこの人物は、間抜けにも、ショートメールというのは送る時に自分の電話番号も相手に通知されてしまうということを知らなかった、という可能性はないだろうか。

いやいや。いやいや。

優子はすぐに思い直した。そんなバカなことがあるはずがない。これは多分、ワナなのだ。何のワナかはわからないが、優子からここに電話をさせようというワナなのだ。うっかり電話をするとネット書店などを騙り、「カスタマーセンターです。あなたのほにゃららの登録料が未払いになっていますので、今すぐ支払わなければ法的措置を取りますよ」とか脅されてしまうのと似たようなワナに違いない。よし。やっぱり無視をしよう。そもそも怪しい物事からは距離を取るに限る。

「リスクをなるべく取らないっていう習慣は大事だよな」

唐突に、谷中の言葉を思い出した。

いやいや、違うから。そのリスクとこのリスクは違うから。そんな言葉を心の中で呟きながら、優子はその怪しいショートメールの削除ボタンを押そうとした。と、その時、携帯電話が「ピキーン」という効果音とともに、着信を知らせてきた。優子はドキッとして身構えたが、今度は「非通知」でも怪しいショートメールでもなかった。拓哉から、

「観音温泉、予約できたからね。今度の土曜の朝の九時、優子のマンションまで迎えに行きます。ではでは」

という、LINEだった。そうだった。前に拓哉の部屋でカレーを一緒に食べた時に、一緒に温泉に行こうと誘われていたんだった。肩こりと首のこりを温泉で緩める。そして、少しでも頭痛を減らす。今の優子にはとても良いことだ。

「ありがとう。楽しみにしてる」

優子は、そう短く拓哉にLINEを返した。

そして、あの「最悪の週末」がやってきた。

金曜日。

「おい！　井川！　ちょっと来い」

その日の仕事は、青池からの呼び出しで始まった。すぐに彼のデスクの前に行く。奥の窓からは、今にも雨が降りそうな薄墨色の空が広がっているのが見えた。

青池は、机の上の書類の山をかき回しながら、

「あの大リーグの企画、正式に通ったからな」

と、優子の顔も見ずに言った。

「え？　通ったんですか？」

「は？　通るに決まってるだろう。100％通るってところまで俺がお膳立てしたん

だから、誰が企画書を書いたって必ず通るんだよ」

「は、はい」

「てことで、おまえ、なる早で、まずは局の制作部とうちのクリエイティブたちとの顔合わせをセッティングしろ。あーだこーだゴタクが多くてめんどくさい連中だけど、俺が先にざっくりと話は通しておいたから、あとはおまえレベルでも大丈夫だろ。何かトラブったらすぐに言え」

「……はい」

「あと、肝心の野茂な。野茂。スケジュールがあるところまでは確認してあるけど、大リーグ帰りは契約書とかきちんとしないとうるさいケースが多いからな。改めて、おまえ、挨拶入れて、契約書のフォーマットを用意。これ、急ぎな。あ、でも、ギャラ交渉とかは絶対にするなよ。そこは最後に俺がやるから」

「わかりました」

「質問は?」

「ありません。大丈夫です」

「なら、すぐやれ。なるべく俺の手を煩わせるなよ。俺は今、別件で死ぬほど忙しいんだからな」

そう言うと、青池はしっしっと追い払うような仕草を優子に対してした。別件というのは、例の淫行で問題になっているドラマCMのことだろう。青池の大きな鼻からは、鼻毛が二本飛び出していた。指摘はしなかった。本来なら、自分が書いた企画書が会議を通り、全国放送のテレビ番組になるというのは、飛び上がって喜んでいい出来事だ。でも、この企画では、そういう気持ちにはなれなかった。自分のデスクに戻ろうと、優子は青池に背を向ける。青池が「ったく、出世なんて、するもんじゃないな。俺も、おまえらみたいにもっと気楽な立場で仕事がしたいよ」と、優子への嫌味のような独り言を言うのが聞こえた。独り言にしては、ちょっと声が大きかったので、わざと聞こえるように言ったのかもしれない。優子は振り返らなかった。そのままデスクに戻り、余計な感情が沸き起こる前に、やらなければいけない作業をやろう。オフィスチェアに腰を下ろすと、優子の気持ちを汲んだかのように、椅子がキーッと小さく鳴った。

関係各所に速やかにまず、ご挨拶メールを送る。

資料によると、野茂英雄は、今、目黒区の駒場東大前にある「R」という会社に所属しており、取材交渉などはこの会社が窓口を引き受けているとのことだった。ファースト・コンタクトは、メールではなく、きちんと電話で挨拶をする方がいいだろうと優子は思った。

ホームページに書かれていた代表番号に電話をかける。

「はい。株式会社Rでございます」

若い男性が、すぐに電話口に出た。

「わたくし、広告代理店の博通コンテンツ事業部の、井川と申します。首都テレビでの弊社制作の番組への野茂英雄さまのご出演の件でお電話しました」

「少々お待ちください。担当者にかわります」

男性は言い、電話が保留になる。保留の間、ショパンの「ノクターン」がゆったりと流れた。

「お待たせいたしました。野茂を担当しております、角藤《かどふじ》と申します」

やがて、穏やかな、落ち着いた声色の女性が電話口に出てきた。

優子はもう一度、自分の社名と所属部署名、自分の名前を告げた。そして、番組出演への感謝の気持ちと、具体的な撮影スケジュールの詰めをするために、一度会ってご挨拶をしたいと、やや緊張しながら話をした。角藤という女性は、最初は黙って優子の話を聞いていたが、やがて、

「ちょっとこちらの認識と違うようなのですが」

と切り出してきた。

「え……そ、そうなのですか？」

「はい。今月から来月にかけて、『スタジオで一日、収録をお願いすることは可能ですか？』というお問い合わせを首都テレビさんからいただきましたので、スケジュール的には可能です、とお答えしました。ただ、実際にその番組に出演するかどうかは、詳しい企画書を見せていただいてから最終的に判断させてくださいと、その時にも申し上げたんですが」

「え……では、まだ具体的な企画書はご覧いただいていないのですか？」

「はい。見ていません」

「それはたいへん失礼いたしました。大至急、送らせていただきます」

「ありがとうございます。データで結構ですので、私のメール・アドレスまでよろしくお願いいたします」

角藤はそう言うと、口頭で自分のアドレスを優子に伝えた。優子は何度も謝りながら電話を切ると、すぐに「後ほど、改めてお電話を差し上げます」という本文に、番組企画書のＰＤＦファイルを添付して角藤のアドレスに送った。離席している時に万が一折り返し電話をもらってしまう可能性を考え、自分の携帯の電話番号も書き添えておいた。


昼休み。

いつものように千尋と佳奈と連れ立ってランチに向かう。金曜日は中華の日である。会社から徒歩六分の、築年数の経った灰色のビルの一階にある、赤いのれんのお店。ランチメニューは麵に小鉢のついたものか、メインにミニ・ラーメンがついたもの。優子はよくここでは油蕎麦ランチを食べる。汁の入った麺よりカロリーや塩分摂取量が低く、そこに中華サラダの小鉢がつくことで、単品メニューより栄養バランスも多少は改善される。それで七五〇円ならコスパも悪くない。一年後輩の佳奈は、「私、食べても太らないんですぅ」というのが口癖で、今日も「平日ランチのみのサービス・大盛無料」のチャーシュー麺を豪快にすすっている。その横で、ダイエット中の千尋は、粛々とバンバンジー定食のおかずばかりを食べていた。

「そういえばさ。翔平、また打ちましたね」

口にチャーシューを入れたまま、佳奈が突然、言った。

「誰？」

そう優子が聞くと、佳奈も千尋もギョッとしたような顔になり、

「井川先輩、マジですか？」

「ていうか、あんた、大リーガー関係の企画、やってたんじゃなかったっけ。そのあんたが大谷知らないのはさすがにまずくない？」

と一斉に責め立てられた。

「ああ。大谷翔平！　なら、大谷って言ってよ。それなら、わかるわよ」

そう優子が反論すると、

「大谷、じゃ、他人行儀じゃないですか。翔平って呼ぶ方が、親密感がブワッと湧くでしょ？　私の中では、私の彼氏は翔平なんで、絶対、大谷なんて呼び方はしません。マイ翔平。ラブ翔平」

と、佳奈は口を尖らせながら言った。

「意味、わかんない」

「リアルに彼がいる人にはわかってもらわなくて結構です」

「あ、そ」

と、千尋が少し話題をずらした。

「でもさ。大谷がすごいのはもちろんすごいとして、テレビも新聞も簡単に『すごいすごい』言い過ぎだよね。おまえら、ちょっと前までは散々『二刀流で成功した選手はいない』だの、『大谷も、投手か野手かどっちかに絞るべきだ』とか、平気で言ってたじゃん。まず、その反省は無いのかって思うよね。勝手に他人の人生を『無理！』とか『不可能！』とかって決めつけてさ。それでいて、いざそいつが活躍しちゃったりすると、あっさり掌返して媚びちゃって、『大谷翔平に不可能はない』『大谷翔平は千年にひとりの天才』とか言い出すでしょ。嫌いだわ、あいつら。マジで嫌い」

「それって、ちょっとだけ、自分の彼氏と重ねてます？」

佳奈がそう質問をした。

「は？」

「千尋さん、彼氏のことで、結構周りからヤイヤイ言われてるんでしょ？『役者で食うとか無理に決まってるだろ！』とか『そろそろ見切りをつけてちゃんと就職させろ！』みたいな」

「……まあね。ま、うちのは大谷と違って何年も全く活躍してないんで、反論もできないけどね」

そんな会話を聞きつつ、優子は北田のことを考えた。東証一部上場の大企業を退職して、ベンチャー企業を立ち上げる。それも、宇宙旅行という、まだ誰もきちんとビジネスとしては成功していない分野。北田もきっと、周囲からは相当に反対をされたことだろう。頭ごなしに、『無理だ！』『不可能だ！』と、たくさん言われたことだろう。でも、この前、会社近くの公園で会った時の北田からは、不可能への挑戦といったような、ある種の悲壮感は全く感じられなかった。

（あれは、なぜなのだろう……）

と、優子の携帯電話が鳴った。昨夜の無言電話と、気持ちの悪いショートメールの件があったので一瞬は緊張したが、かけてきたのは、今の今、優子が考えていた北田だった。なんというタイミング。優子は慌てて油蕎麦のどんぶりの上に箸を置き、会話がしやすいように店の外に出た。

「こんにちは」

北田は、快活な声で言った。

「今、お電話、大丈夫でしたか？」

「はい。大丈夫です。あ、この前は美味しいハンバーガーをご馳走様でした」

電話をしながら、優子はそう言って頭を下げた。

「あれ、美味しかったでしょう。実はですね。今日お電話したのも、そのハンバーガーの件なんですけどね」

「え？」

「実は、あの直後にね、期間限定のダブル・アボカド・ハンバーガー・スペシャル・オーガニックというのが発売されましてね」

「へええ。なんか、すごく長い名前ですけど、美味しそうですね」

「そうなんですよ。なので、どうせなら、こっちの期間限定の方も井川さんと一緒に食べられたら嬉しいなと思いましてね」

「え？」

「どうでしょう。天気予報では、来週の半ばからはまた天候も良くなるらしいですし、またあの公園で一緒にランチをしませんか？」

「え？」

「例えば、一週間後の金曜日とか」

「……」

優子は少し迷った。会えば、転職の件も、当然話題にはなるだろう。が、優子の中では、まだ気持ちは全く定まっていない。

と、北田はそんな優子の心中を見透かしたかのように、

「あー、違うんです。違うんです。別に、この前の返事をもう聞かせてくださいと言ってるわけではないんです」

と笑いながら言った。

「仕事は仕事。ハンバーガーはハンバーガーです。例の件は、井川さんの中でしっかりと結論が出るまで、どうかゆっくりと考えてみてください」

「はい……」

そこまで話したところで、今度はキャッチホンが入ってきた。画面を見ると、先ほど連絡をしたRからだった。おそらく、角藤だろう。

「すみません。ちょっと仕事の電話が入ってしまって」

そう優子が言うと、北田は、

「わかりました！　では、来週の金曜日のお昼に！」

と言って、サッと電話を切った。さっきの自分の「はい」は、「ゆっくり考えてみてください」についての「はい」で、「来週またランチを公園で食べましょう」への「はい」では無かったのだが、それを訂正する機会が優子にはなかった。

とにかく、角藤をあまり待たせたくなかったので、すぐにそのまま優子は電話を切り替えた。

「もしもし。井川です」

「角藤です。企画書、早速送っていただき、ありがとうございました」

「とんでもないです。わざわざ折り返しをいただき、恐縮です」

「それで、結論から申し上げるとですね……この企画への出演は、お断りさせていただきます」

「え？」

思いもよらない相手からの言葉に、優子は大いに動揺した。

「あの……その……ど、どうしてでしょうか？」

「だって、うちの野茂は、日本人初のメジャー・リーガーではありませんから」

当たり前のことを当たり前のように、角藤は言った。最初から、優子がずっと引っかかっていたところだ。

「スポーツの世界でのパイオニア特集という企画にこのままうちの野茂が出ると、視聴者に大きな誤解を与える危険性があります。それに、企画書の表紙には、『日本人で初めてメジャー・リーグで活躍した選手・野茂英雄』と書かれていますが、これでは本当のパイオニアである村上雅則さんが、まるで向こうで活躍をしていないみたいに思われてしまいます。それは、野茂本人にとっても、全く本意ではありません」

「……」

「というわけで、申し訳ありませんが、今回のお話はお断りさせていただきます。では、失礼いたします」

そして、静かに電話は切れた。

話し方は終始穏やかだったが、交渉の余地があるようには、優子には思えなかった。まさか、こんな展開が待っていたとは。食欲は一気になくなり、優子は食べかけの油蕎麦を全て残した。いつもなら、食事の後、十五分ほど三人で近くのサンマルクカフェでお茶をするのだが、優子は千尋と佳奈とは別れ、昼休みを早めに切り上げて自分のフロアに戻った。

とにかく、かなりまずい事態なのは優子にも重々わかっていた。

「主役」が出ないと言っている。

それも、スケジュールやギャラといった条件面が問題なのではなく、企画そのものに乗れないと言って、断ってきている。

しかし、番組の企画はもう通っているのである。

週明けには、細かな構成案について話し合うため、クリエイティブ部門との会議もセッティング進行中だ。

とにかく、一刻も早く、この最悪の知らせを上司である青池に伝えなければ。

そう優子は考えた。

が、運悪く、優子が戻るのと入れ違いに、青池は、淫行トラブルでクラッシュしたドラマCMの後始末のため、蓮見という役員と一緒に外出してしまっていた。二時間待っても、三時間待っても、青池は帰ってこなかった。一度、思い切って青池の携帯に電話を入れてみたが、延々とコール音が鳴るだけで、彼は電話に出てくれなかった。留守電に詳細を残すのもためらわれたので、「急ぎご報告したい件があります。またお電話します」とだけメッセージを吹き込んだ。

優子は二〇時まで他の仕事をしながら青池を待ったが、結局、この日、彼は会社に戻ってこなかった。それで仕方なく、「野茂英雄さん、出演をお断りされてしまいました。今後のご指示お願いいたします」というメモを青池のデスクの上に残し、そして同じ文面のメールを青池の携帯に送り、優子は家に帰った。


土曜日。

昨夜はあまり眠れず、朝の六時前には目が覚めていた。それで仕方なく、拓哉との温泉旅行の荷造りを始め、それもあっさり終わってしまったので、次に部屋の大掃除に取り掛かっていた。

八時半に、充電器に繋ぎっぱなしにしていた携帯電話が鳴った。怒り狂った青池からだろうと予想しながら、優子はそれを手に取った。が、それはまたしても、例のショートメールだった。

何をグズグズ迷っているのですか?
あなたは奇跡の出会いを無駄にしようとしていますよ?
取り返しのつかない失敗をする前に、
さあ! 今すぐ彼に会いに行きなさい!

反射的にメールを開いてしまったことを後悔した。次にまた来たら、今度こそ中身を一文字も見ずに削除しよう。そう決心をしながらホームボタンを押して携帯をトップ画面に戻した。

八時三五分に、また携帯電話が鳴った。あの気持ち悪いショートメールの第三弾かと予想しながら、優子はそれを手に取った。が、今度は青池からだった。

「おはようございます」

緊張する気持ちを落ち着けながら、優子は電話に出た。

「何を呑気なことを言ってるんだ、おまえは」

怒りを押し殺した声が聞こえてきた。いつもの青池は、不機嫌になると部下に怒鳴り散らすのが常なのだが、今日はそれとはかなり異なる気配だった。

「おまえ、野茂本人の出演無しで、どうやって野茂についての特番を成立させるつもりなんだ?」

「……」

「だいたい、メイン・ゲストに出演依頼をするのに電話とメールって、俺がいつおまえにそんな楽で偉そうな仕事の仕方を教えた? 会いに行けよ、会いに! 仕事の基本はまずは挨拶だろうが! 会って、顔を見て、挨拶をして、お辞儀をしろ! あるいは握手をしろ! 企画書を渡すのはそれからだ!」

「……はい。申し訳ありません」

（もともと青池課長、野茂さんから出演ＯＫを貰っているかのような口振りで話していたじゃないですか）とか（私は会いに行こうと思っていたけれど、先方が企画書を先にメールで欲しいと言ったんです）とか、そうした言い訳をしたい気持ちはあったが、我慢した。

「とにかく。ボタンを掛け違えちまったものは仕方ない。おまえなんかに大事なファースト・コンタクトを任せた俺がバカだった」

「……」

「局Ｐと話したら、今日なら奇跡的に時間があるって言うんだ。なので、緊急で会議をやるから、おまえもすぐに会社まで来い」

「え？」

「なんだ。来られないのか？」

「……」

今日は土曜日だ。今日は、拓哉と旅行に行くことになっている。あと三十分もしないうちに、彼が家まで迎えに来てしまう。だが……優子はすぐに思い直した。

これは仕事だ。不本意だったとはいえ、自分が企画書を書き、前に進めようとしている仕事だ。ここで逃げるのは無責任な気がする。それに、出発が数時間遅れるくらいのことなら、拓哉もきっと快く許してくれるだろう。そう優子は考えた。

「いえ、行けます。行きます」

優子は言った。それに対し、青池は一言の返事もせずに電話を切った。

旅行用と思っていたバッグから、財布とメイクポーチなどをいつもの仕事バッグに移し替え、そこに手帳とノートパソコンも放り込み、自分の部屋を出る。たまたま同じタイミングで待っていた男性と一緒に、八人乗りの小さなエレベーターに乗り込む。一階まで降りていく間に携帯を取り出し、LINEを開き、拓哉とのトーク画面から無料通話のためのボタンを押した。

(コール音)

(コール音)

(コール音)

コール三度目で、優子の乗るエレベーターはマンション一階のエントランス・ホールに着いた。拓哉は電話に出ない。多分、こっちに向かって車を運転中なのだろう。通話の呼び出しは諦めて、改めて「ごめんなさい」の文章を優子は打つことにした。と、最初の一文を打ち始めたのと同時に、エントランスに拓哉本人が入って来た。

「温泉が楽しみすぎて、ちょっと早く着いちゃったよ」

と拓哉は笑顔で言った。それからすぐに、優子がビジネス用のバッグしか手にしていないのを見て、拓哉の表情が不審そうなそれに変わった。

「どこか、行くの？」

「ごめん。会社からの急な呼び出しで……」

「え？」

「今から会議だって」

「……」

「本当にごめん。例のあの大リーガー企画がちょっと非常事態になっちゃってて。

今から緊急会議をするぞって課長が……」

「……そうなんだ」

「うん」

「……」

「出発、ちょっと遅らせてもらってもいいかな。それか、拓哉には先に行ってもらって、私は会議が終わったら電車で追いかけるっていうのでもいいし」

「温泉に、俺ひとりで先に行くの?」

拓哉の声に、少しだけ棘を感じた。

「出社して、会議に出て、本当にそれだけで今日は終われるの?」

「……」

どうだろう。自信はなかった。会議の後には、議事録を作り、企画書も作り直し、その他新たな事務作業もあれこれ命じられる可能性は大いにあった。

「だいたいさ。その課長からの電話の時、今日は予定があるんですって言わなかったの? 前々から旅行の予定が入ってましてって」

「え……」

「それ言ったのに、課長が平気で会議を優先しろとか言うんなら、それはもうブラック企業と変わらないと俺は思うけどね」

拓哉の声の棘が、更に少し大きく感じた。

「ごめん。旅行のことは、言ってない」

「！」

「緊急会議だから来られるかって言われて。それでただ『はい』って……」

「そうなんだ」

「……」

「どうして？」

「……」

「どうして、言わなかったの？」

「……」

「どうして？」

「……」

どうしてだろう。優子にも、その理由はよくわからなかった。ただ、仕事より拓哉との温泉旅行を優先するという選択肢は、最初から無かった気がする。今思えば、そもそも、拓哉との旅行にあまり乗り気では無かったのかもしれない。

優子が黙ってしまったのを見ると、拓哉はそのままくるりと背を向けて帰って行ってしまった。

「……」

追いかけるべきだろうか。追いかけて謝るべきだろうか。多分、そうだろう。悪いのは全て優子であり、拓哉が傷つくのは当然だった。ただ、何かが優子の中で強く引っかかっていて、それが彼女が足を前に出すのを阻んでいた。

遠くで、拓哉の車のエンジンが始動し、そして去って行くのが聞こえた。

優子はまだ、同じ場所に立ち尽くしたままだった。

と、背後から、聞き覚えのある男の声が聞こえてきた。

「君って女は、本当にダメな女だな」

驚いて振り返る。エレベーターに同乗していた男がまだ近くに立っていた。男は、深いため息をつくと、野鳥観察が趣味の人たちが被るような、ベージュ色のコットン生地のミルキーハットを脱いだ。

「！」

優子は彼を、同じマンションの住人だろうと勝手に思い、それまで、ろくに顔を見ていなかった。

小太りで。メガネで。若年性の薄毛。

そこに立っていたのは、なんと、精神科医の小畑竹踏だった。

その週末は、優子の人生における「衝撃度ランキング・ワースト5」の五つ全てが一気に起きた週末だった。

では、その第5位から紹介していこう。

第5位は、優子のマンションに、小畑竹踏がいたことである。確かに、病院の問診票に優子は自分の住所を書き込んでいた。だから、Googleマップあたりで調べれば、彼が優子のマンションを訪ねることは簡単ではある。でも、だからと言って、ノンアポで患者の家を訪ねる医者など、普通ではない。

「せ、先生がどうしてここにいるんですか?」

詰問しようとしながら、あまりの驚きに、優子の声は微かに上ずった。

「エレベーターも一緒に乗ってましたね。どういうことですか？　私の部屋の様子を外から見てたってことですか。き、気持ち悪い！」

そう優子が言うと、小畑は顔を真っ赤にして反論してきた。

「人聞きの悪いことを言うな！　ほんの数日、君を見守っていたっていうだけじゃないか！」

「は？」

第４位。

実は、小畑竹踏は、今日だけではなく、出会った日からずっと、優子を付け回していたという事実。彼曰く、勤務中にまた優子が倒れるのではないかと心配して、会社のすぐ近くでずっと待機していたという。そして、会社の玄関から優子が出てきたらそのまま尾行をし、実は同じ店でランチを食べていたという。そしてなんと、北田と待ち合わせ、一緒にハンバーガーを食べ、彼の会社にヘッドハントされた、あの公園のランチの一部始終も盗み見し、盗み聞きしていたのだという。

（そんなバカな！　それじゃ、まんま「ストーカー」というやつではないか！）

そう優子は内心憤慨したが、小畑の方は、自分の行動に全く疚《やま》しさを感じていないようだった。それどころか、北田との話を聞き、「今こそ精神科医である自分の出番だ！」と張り切り、優子が自分に相談をしやすいように電話をかけ、でも、優子が電話に出ると「いや、相談というのは患者から医者にするのが筋というものだから、このまま話をしてしまうより、まずは彼女の自発性を刺激してあげよう」と考え、あえてそこは無言で電話を切り、その代わりに懇切丁寧なショートメールを送ったのだという。つまり、あのショートメールに書いてあった「奇跡的な出会い」とは小畑とのことであり、「彼に会いに行け」の「彼」も小畑のことだったのである。

第3位。

ストーカーから、暴力行為を受ける。

優子がそのショートメールをただ気持ち悪いと思い、読んだ次の瞬間には削除していたと知って、小畑は大いに憤慨した。

「あんたは本当に失礼な女だな！」

唾を飛ばしながら、小畑は言った。

「は？　あなたが何を言ってるのか全く理解不能なんですけど」

優子はついに、小畑の呼び方を「先生」から「あなた」に降格させた。

「なんだと？　君は自分の何が失礼なのかもわかっていないのか？」

「全然わかりません」

「私は医者で、君は患者だよ？　なのに患者の君が勝手に病院から帰ってしまうというのがまず有り得ないじゃないか！」

「はあ？　勝手に出て行ったのは私じゃなくてあなたでしょう！　私は、あの時だってかなりの時間、あなたが帰ってくるのを待ちましたよ？」

「そ・れ・は！　そもそも君があまりにもマッシー・ムラカミに対して失礼なことをしていて許せなかったから、いったん頭を冷やさないと冷静な会話ができないと思ったからだ！」

マッシー・ムラカミの名前を聞いて、優子はハッと我に返った。会議。そうだ。こんなストーカーと押し問答をしている暇はない。緊急の会議に行かなければならないのだ。と、小畑は、優子の心中を見透かしたように、

「そういえば、その後、君のあの失礼極まりない大リーガー番組の企画はどうなったんだ？」

と訊いてきた。

「！」

優子が言葉に詰まると、小畑は勝ち誇ったような顔になり、

「やっぱりな。君みたいな失礼な女が立てた企画が、うまく行くはずないと思っていたんだ」

と言った。これには優子もカチンときた。

「だから、私のどこが失礼なんですか！」

後先考えずに、この小太りの若ハゲメガネの横っ面をビンタしてやりたいと思

いながら優子は言った。小畑の返事はこうだった。

「じゃあ訊くが、君は今まで、一度でも大リーグの試合をきちんと観戦したことがあるのか？」

「え？」

「大リーグが無理なら、日本のプロ野球でもいい。高校野球でもいい。なんなら知り合いの草野球の試合でもいい。一度でも、野球の試合を、生で観戦したことがあるのか？　球場で、野球というものを、きちんとその肌で感じたことがあるのか？」

「……」

一度もない。もともと、優子は野球にはあまり興味が無かったし、そもそもスポーツはやる方が好きで見ることには熱心では無かった。

「無いんだろう？　ったく、どこまでも失礼なクソ女が！　そんな女が、命がけで野球をやってる連中の特番なんかが作れると思ってるのか？　文句ばっかり一人前に垂れる前に、もっと自分の仕事に誠実になったらどうなんだ？」

そして、小畑はごそごそと自分のバッグから無地の茶封筒を取り出すと、

「海よりも深く反省しろ！」

と怒鳴りながら、それを優子の顔面に思いっきり叩きつけた。そんな野蛮な行為を他人から受けたのは初めてだった。ぶつけられたのが茶封筒だったので痛みはほとんど無かったが、でも、心がズキリと痛んだ気がした。小畑はくるりと優子に背を向け、そのまま帰って行った。


第2位。

突然の別れ。

しばらく呆然と優子はひとりで立っていた。それから、のろのろと、小畑が投げつけてきた茶封筒を拾った。封はされておらず、中に何か入っているようだった。中身を確認してみようとした時、優子の携帯が鳴った。優子は先に携帯の方を見た。それは、拓哉からの短いLINEだった。

「ずっと我慢してきたけれど、優子に軽く扱われることに、俺の心はもう限界み

たいです。別れよう。さようなら」

（え？）

優子はびっくりして、何回もそれを読み返した。

（ずっと我慢してきた？）

（軽く扱う？）

（もう限界？）

最初から最後まで理解できない内容だった。拓哉はいつも、理解のある、包容力のある、器の大きい男に見えていた。いつだって拓哉は穏やかで、余裕があって、世の中的にはエリートに属する人間なのに偉ぶらず、そして滅多なことで声を荒げたりはしない男だった。それが、

（ずっと我慢してきた？）

（軽く扱う？）

（もう限界？）

どういうことなんだろう。では、今まで優子に見せてきた拓哉の姿は、全部演

技だったのだろうか。

拓哉と、そして先ほどの小畑と、全く理解不能な男とほぼ同時にこじれてしまったせいで、優子はもうこれ以上この問題を考えるキャパシティは自分にはないと判断した。このLINEにどう返事をするかは、あとで考えよう。今は会議だ。会議に行かなければ。それが、今の私の仕事なのだ。優子はそう自分を叱咤し、そして、一分でも早く会社に着くために、猛然と駅まで早足で歩き始めた。そして……

優子の人生における「衝撃度ランキング・ワースト5」。

その栄えある第1位は、その会議の席で起こったのだった。

さて。時間を、少しだけ早送りしよう。

土曜日に緊急会議に出席をし、日曜も休日出勤となってアレコレと雑用をし、そのまま月曜、火曜、水曜と働いてからの、木曜日。優子は、残業をきっぱりと拒否し、定時よりも仕事を少しだけ早上がりし、地下鉄からＪＲへと乗り継ぎ、横浜スタジアムのある関内駅へと向かった。

手には、交流戦「DeNA ベイスターズVS福岡ソフトバンクホークス」の内野指定席のチケット。土曜日に、マンションのエントランスで小畑竹踏から顔面に叩きつけられたあの茶封筒。その中に入っていたのがこのチケットだったのだ。

「じゃあ訊くが、君は今まで、一度でも大リーグの試合をきちんと観戦したことがあるのか？　大リーグが無理なら、日本のプロ野球でもいい。高校野球でもいい。なんなら知り合いの草野球の試合でもいい。一度でも、野球の試合を、生で観戦したことがあるのか？　球場で、野球というものを、きちんとその肌で感じたことがあるのか？」

「無いんだろう？　ったく、どこまでも失礼なクソ女が！　そんな女が、命がけで野球をやってる連中の特番なんかが作れると思ってるのか？　文句ばっかり一人前に垂れる前に、もっと自分の仕事に誠実になったらどうなんだ？」

小畑というのは、見た目は気持ち悪いし、性格は支離滅裂だし、二度と関わり合いになりたくない男の筆頭とも言える相手だったが、腹立たしいことに、時々、正しいことを言う。優子は、土曜日、会社に行く電車の中で、茶封筒の中身を見た。それを、一度は、茶封筒もろともくしゃくしゃに丸めて会社の自分のデスクの下のゴミ箱に捨てた。が、会議終わりの帰社前に、思い直してそれを拾い、皺を伸ばして、自分の手帳に挟んだのだった。

関内駅は改札口が二つあるだけの、想像以上に小さな駅だった。天井がなぜかやたらと低く、飛び上がったら手が届きそうだ。駅前の道は、横浜スタジアムへ向かうと思われる人で混みあっていた。青いキャップに青いユニフォーム姿で手を繋いでいるカップル。背番号の入ったTシャツを嬉しそうに着ている人。鷹のマークの入ったバットやメガホンをぶら下げた親子連れ。そんな人の流れの中を、同じスピードで優子も歩く。

横浜スタジアムは、都市公園法の建蔽率の関係で、他球団のスタジアムのように垂直には建てず、逆円錐型の個性的なルックスである。チケットを確認し、入場ゲートへと進む。そういえば、優子は今まで、「おひとり様で映画館」も「おひとり様でカラオケ」も「おひとり様で焼肉やお寿司」もしたことがなかった。そんな自分が、「おひとり様で野球観戦」にチャレンジしようとしていることが、なんとはなしに楽しい気分をもたらしてくれていた。ゲートをくぐると、広大な人工芝の緑と、そして、暮れかかる仄暗い茜色の夕空が優子の目に飛び込んできた。風が心地いい。逆円錐型の観客席は上に行くにしたがって急勾配になっていて、そこを力強く優子は登っていった。観客席は、その時点で、三分の一ほど埋まっていて、席を探す人たちが続々と入って来ていた。

自分の席を見つけ、硬い、プラスチック製の椅子に腰を下ろす。隣には、ロマンスグレイの髪の上に、フェルトのソフトな中折れ帽を被り、洒落たジャケットを着こなす初老の紳士。この人も、どうやら「おひとり様」のようだった。騒がしい団体客の側だったら気が重いなと思っていたので、優子はホッとした。

と、場内の「Y」の形をした六基の照明塔が、一斉に点灯した。

野球に限らず、スポーツの試合のナイター観戦というのが優子には初めてだったので、照明塔と暮れなずむ空との対比の美しさに「わあ」と思わず小さな声が出た。

「これから始球式が始まります」

場内アナウンスの声とともに、大音量で音楽が流れ、外野席奥にある大スクリーンに若い女性の姿が映し出された。顔も名前も知らない子だったが、恐らくは芸能人なのだろう。スタンドのあちらこちらから、大勢の男性たちが歓声を上げながら立ち上がった。皆、写真記者が使うような、本格的な一眼レフ・カメラを首から下げている。外野スタンドの下に設置されているブルペンから、白いTシャツに水色と青のミニスカートを穿いた女の子が、元気よく駆け出して来た。距離が遠くて肉眼ではよくわからないが、たった今、スクリーンで紹介された本人だろう。ファンの男性たちは大声で彼女の名前を呼び、手を振り、そして彼女に向けてカメラを構えて猛然とシャッターを切る。女の子は、自分の名を呼ぶファンたちに両手を大きく振り返しながら、跳ねるように走ってピッチャーズ・マウンドに辿り着いた。

右手のボールを高々と上げて見せ、それからそれを、我流のフォームで「えいやっ」とキャッチャーに向かって投げる。すらりと伸びた両足の躍動感は素晴らしかったが、ボールはキャッチャーからは大きく左に外れ、ファール・グラウンドを転々と転がった。が、それでも、バッターボックスで構えていたソフトバンクの選手は、ふわりとわざと空振りをした。

そこで、大きな拍手。

女の子はまた両手を高く振りながら、元いたブルペンの中に去って行った。

なるほど。これが始球式というものか。

見ると、さっきまで熱狂的に写真を撮っていたファンと思しき男たちのうち、かなりの人数が、ぞろぞろと席を立って帰り始めている。

（え？　試合は見ないの？）

と、優子の心の声に応えるように、隣から男の声がした。

「試合も見ないで帰るとか、選手に対して失礼だよな。というより、野球というスポーツに、いや、文化に対して失礼だよ」

「！」

聞き覚えのある声に、振り返る。

優子を挟んで、初老のロマンスグレイの男性と反対側に、いつの間にか、小太りの男が来ていて、ぶつくさと文句を言いながら、ドスンと優子の横のシートに座った。歳に似合わぬ長髪は、誰が見ても一目でカツラとわかる安物で、鼻の下にはチャップリンが見たら怒り出しそうなチョビヒゲが、いかにも貼り付けました、という感じで付いていた。これで本人が変装をしているつもりだとしたら、もはや異常者としか言いようが無いなと思った。

つまりは、小畑竹踏だった。

茶封筒の中に一枚しかチケットが入っていなかったので、てっきり「ひとりで見て来い」というメッセージだと都合良く解釈してしまった自分を優子は呪いたい気持ちになった。

「おや。隣りの席は随分と美しいお嬢さんだ。あなたも横浜ファンですか?」

小畑はしゃあしゃあと他人のふりをして話しかけてきた。

優子は無視をした。

「ところで美しいお嬢さん。あなたはさっきの始球式、どう思われました? 少しでもチケットが売りたくて、野球とは関係のないアイドルを始球式に呼ぶ球団。そのアイドルだけを目当てに球場に来て、パンチラもどきの写真を撮れたらそれで満足して帰るファン。ねえ、どう思います？」

優子はまた、きっぱりと無視をした。

と、小畑は、優子を飛び越え、反対側の紳士にまで、同じ質問をした。

「ねえ。そちらのお父さんはどう思います？　野球ファンとして、憤りを感じませんか？」

いきなり話しかけられた紳士は、ちょっと驚いていたようだったが、やがて、

「まあ、最初はどんなきっかけでも、球場に人が来るというのはいいことなんじゃないですか？　あの子のファンの人も、全員が帰ったわけじゃないでしょう。試合を見ていく人もたくさんいると思いますよ」

と穏やかな声で言った。なるほど。こちらの紳士は、外見だけでなく、人間も紳士のようだと、優子は嬉しく思った。が、小畑は全く納得いかなかったらしく、

「でもでもでも。本場のアメリカでは、始球式っていうのは、野球という文化の発展に貢献した人が、その名誉を讃えるという意味で呼ばれるものなんですよ？伝統を重んじ、先人をリスペクトする。そういう厳かな儀式であるはずの始球式

が、なんで日本では、ミニスカ・アイドルや、お笑い芸人のおちゃらけイベントみたいになってしまうんですか。そういうの、残念すぎると思いませんか?」

と食い下がった。紳士は笑って、

「でも、さっきの女の子、確かに力んでしまってうまく投げられなかったけれど、ワインド・アップで振りかぶった感じとか、あれはきっと、かなり練習してきたんだと思いますよ」

と言った。そして、

「そうやって、どんなきっかけでも、野球をやってみる若い子が増えるのっていいことだと思いますね」

と付け加えた。小畑は、それを聞くと、わかりやすく口を尖らせ、

「本当に、甘いですよね、ムラさんは」

と言った。

(え?)

「ムラさんが怒ってないのに、ぼくがブーブー言ってたら、なんかバカみたいじ

ゃないですか」

（え？　え？）

　優子は、自分の左隣の紳士をもう一回、きちんと見た。

（ムラさんって……ムラさんって、まさか、あのマッシー・ムラカミさん？　いやいや、そんなわけないよね。でも、この話の流れでムラさんって……）

　が、当の紳士は、優子のことには全く気を留めていないらしく、これから始まる野球観戦のために、千鳥格子のハンカチを取り出し、それで鼈甲《べっこう》フレームのメガネのレンズを入念に拭き始めた。

「おい、そこのお姉さん」

　小畑がまた優子に話しかけてきた。

「な、なんですか？」

　無視しようという決意をあっさり忘れて、優子は返事をしてしまった。

「突然だけど、大リーグ・クイズ!!」

「は？」

「日本人で初めての大リーガーであるマッシー・ムラカミが、アメリカで初勝利をあげた時、一体何球投げたでしょう？」

「え？」

いきなり、びっくりするようなカルトな質問が飛んできて驚いた。ただ、優子もそれなりにマッシー・ムラカミの経歴を調べていたので、初勝利は実は9回からの登板だったことは知っていた。9回からなので、そんなに球数は多くないはずだ。

「7球」

当てずっぽうで言ってみた。

「ぶー」

「13球」

「ぶー」

「11球。ていうか、このクイズ、何か意味があるんですか？」

そう尋ねると、小畑はパッと意地の悪い笑顔になり、

「バーカ！バーカ！バーカ！　そんなことだから、おまえの立てた企画は通らなかったんだよ、バーカ！」

と言った。どうやら小畑の方も、わざわざ変装して別人になりすましていることを忘れてしまったようだ。

「はあ？　小畑さん。それってどういう意味ですか？」

優子は、わざと固有名詞をつけて、小畑に言い返した。が、そのイヤミも、小畑にはまるで通じなかった。小畑はただ得意げに、

「マッシー・ムラカミは、初勝利の日、なんと、199球を投げているんだ」

と言った。

「ええ？」

優子は、反対側にいる、ムラさんと呼ばれた紳士のことを気にしつつ、小畑に反論をした。

「マッシー・ムラカミさんの初勝利は九回からの登板ですよ？　そんな、200球近くも投げてるわけないじゃないですか。ていうか、初回から投げている普通

の試合でも、ピッチャーの投げる球数って、100球とかですよね?」

と、小畑は、優子に向かってぬっと右手を差し出した。

「700円」

「は?」

「喉が渇いた。ビールを奢ってくれるなら、誰も知らないマッシーのマボロシの199球について教えてやる」

「は?」

そのまましばらく、優子と小畑はじっと睨み合っていた。が、やがて、優子の方が根負けをした。優子は自分の財布から千円札を一枚取り出すと、それを小畑の右の手のひらに載せた。

小畑はその金が心から嬉しかったらしく、ルンルンと弾むように身をよじらせ、それから「ヘイ! そこのキュートなラブリー・ガール! ビール・ワン・プリーズ!」と、なぜか恥ずかしくなるほど下手な英語で売り子の女の子から生ビールを買った。そして、付け髭をビールの泡まみれにしながら半分ほど一気に飲み、

それからおもむろに、

「じゃあ、あとはムラさん、よろしく」

と言った。

初老の紳士は、ちょっとはにかむと、

「参ったな。今日は純粋に野球を楽しむつもりで来たのに」

と言った。そして、中折れ帽を一度取り、

「初めまして。自分は、少し前までカリフォルニアのフレズノって街で、寿司屋の二代目をやってました村田と言います」

「え？　お寿司屋さん？」

「はい。今は、息子と孫に跡目を譲ったので、単なる暇なジジイです」

「はあ」

よくよく考えれば、マッシー・ムラカミがここにいるわけはないのである。ここ最近のストレスで、かなり客観的な判断力を自分は失っているのだなと優子は思った。

横から、

「お寿司屋さんって言っても、単なる美味しいだけのお寿司屋さんじゃないぞ！」

と、小畑が口を挟んできた。

「初代『MURA-SUSHI』はな、なんとなんと、一九六四年、あのマッシー・ムラカミが足繁く通った一番のお気に入りの寿司屋なのだ！」

「え？　そうなんですか！」

すると、紳士は困ったような笑顔になり、

「まあ、味が好きで通ってたわけじゃないみたいなんですけどね」

と申し訳なさそうに言った。

「え？　味、じゃあないんですか？」

また小畑が口を挟んできた。

「女さ」

「は？」

「当時、マッシー・ムラカミは、ムラさんのお姉さんに『ホ』の字だったのさ！！！」

「はあ？」

と、紳士がまたたしなめるように、

「それは誤解ですよ。彼は純粋に、故郷である日本の味を求めてですね……」

が、紳士の言葉は、球場に突如沸き起こった大歓声に遮られた。先攻である福岡ソフトバンクホークスの一番バッターが、バッターボックスに入ったのだ。アンパイアが「プレイボール」を宣言し、先ほどの始球式とはまた別の種類の歓声とともに試合は始まった。そして、試合が始まると、小畑も村田も、優子の存在を忘れたかのように、それぞれの贔屓の球団の応援に熱中し始めた。なので、マッシー・ムラカミのカリフォルニアのお寿司屋さんをめぐるエピソードは、各回の攻守交替の、ごくごく短い時間を使って、細切れに話されることとなった。

マッシー・ムラカミこと村上雅則が、初めて「MURA-SUSHI」を訪れたのは、一九六四年の八月のことだった。もともと、日本の南海ホークスの若手だった村上は、鶴岡一人監督から勧められ、この年の三月からアメリカに野球留学に来ていた。

場所は、カリフォルニア州フレズノ市。チームは、サンフランシスコ・ジャイアンツの傘下である、フレズノ・ジャイアンツ。ちなみに、日本球界からアメリカ・大リーグへのシーズン中の野球留学は、村上が初めてだった。

その日、村上は、渡米以来、ずっとウマの合わなかった投手コーチのボブとの噛み合わない議論に精神的に参っていた。

「君のピッチングはノーだ」

そうボブは何度も言う。

「君は力強い。でも、力強くない。力は必要で、そのためには力は要らない。君は力強くノー。君のピッチングはノー。ドゥー・ユー・アンダスタン？」

村上の英語力がまだまだだったせいもあるのだが、とにかく、ボブからのコーチングは意味不明だった。ただ、村上が1Aで何度勝利をあげても、ボブがその内容に不満を持っているのだということだけは村上にもきちんと伝わっていた。

（このままだと頭がおかしくなりそうだ。気分転換をしなければ）

そう考えた村上は、いつもは手が出せないような、高価で美味いものを食べようと考えた。そして、フレズノの日本人町にある寿司屋「MURA-SUSHI」を訪れたのだった。紫色の暖簾をくぐり、曇りガラスで三枚に仕切られた木枠の引き戸を開けると、中には、四人掛けのテーブルが四つに、そしてカウンター。そのカウンターの中に、縦にも横にも身体の大きい五十がらみの男がいた。それが、「MURA-SUSHI」の初代・大将であるジョージ村田だった。

「オヤジは、野球が大好きでしてね。自分も草野球のチームをやっていて、休みの日はいつも野球、野球。そんな人間だったんで、日本のプロ野球選手が、初めて太平洋の向こうから、大リーガーを目指してやってきたという事実に感激してしまってね。『そんなコーチの言うことは気にするな。自分のやり方で結果を出せばいいんだ。よし！　おまえさんが勝った日は、これからは毎回、俺がタダで特上の寿司を食わせてやる』とか言い出してね。そんなこんなで、あっという間に私ら家族も、マッシーとはとても仲良くなったんですよ」

そう初老の紳士は懐かしそうに言った。

「そして、マッシーはムラさんのお姉さんに『ホ』の字に！！！」

また小畑が下品な口調で言う。もしかしたら、生ビール半分でもう酔っているのかもしれない。

「姉のことは関係ないと思いますよ？」

「いいや、あるね。ありますね。精神科医として言わせていただくと、男も女もモチベーションの基本には異性に対する性欲というものが……」

我慢できなくなって、優子はぴしゃりと言った。

「小畑先生はうるさいです！」

「！」

小畑は不服そうに口を尖らせたが、一応、そのまま黙った。それで、村田という初老の紳士は、その先の話を続けてくれた。

「MURA-SUSHI」から、当時村上が下宿をしていた家まで、徒歩で十五分ほどの距離があり、その途中に、野球のグラウンドがまるまる一つ、すっぽり入るほどの大きな広場があった。ジャカランダという名の樹木が、周りをぐるりと囲むように立っていて、その木が薄紫色の花を一斉に咲かせる時は、まるで日本の桜の名所にいるような気持ちになり、村上だけでなく、当時、フレズノにいた日本人タウンの全員が、その公園を愛していた。ジョージ村田の草野球チームはいつもそこで練習をしていたし、村上も、フレズノに来てからは毎晩、練習を終えて帰宅した後にこの広場を中心に五キロから七キロの軽いランニングをして一日を締めくくるのを日課にしていた。


「ある日、その公園で、ちょっとした喧嘩が起きてね」

そう老紳士は言った。

「元は、子供同士の些細な喧嘩だったんです。でも、あっちは裕福な白人の家の子で、こっちはイエローと言われる日系人の子供。まだ、太平洋戦争が終わってそんなに年月も経ってませんでしたから、日系人差別っていうのもそれなりに強くあったんですよね。なので、大人同士の大きな揉め事にあっという間に発展してしまってね」

「……」

「ここは白人の公園だから、日系人はもう使うことは許さないとか、今度この公園におまえらが来たら、『MURA-SUSHI』や他の日系のお店も全部、賃料を3倍に値上げするから覚悟しておけ、とか」

「……」

「その頃、マッシーは、実は1Aでかなりの活躍をしていてね。そういうのが気に食わないと思ってるやつらもけっこういたんですね。黒人から、ジャッキー・ロビンソンみたいな選手が出てきたと思ったら、今度はアジアからイエローの選手まで来やがった……ってね」

「……」

（日系人への差別……例のパイオニアたちの企画書を考えている時にも、そこまでは考えなかったな）

そう、優子は反省した。人よりも早く何かにチャレンジをした人は、それだけ多くの逆風にも晒される。大谷よりも、松坂よりも、松井よりも、イチローよりも、野茂よりも、きっと村上への不当な風当たりは強かったのではないか。

「それでまあ、いろいろあって……じゃあ『野球で勝負をしよう』ってことになったんです」

老紳士は苦笑いを浮かべながら言った。

「え？　しょ、勝負、ですか？」

「はい。白人チーム対日系人チーム。こちらが負けたら、二度とその公園には出入りしない。その代わり勝ったら、向こう十年、賃料は一ドルも値上げしない。そういう条件での勝負でした。でも、向こうは、お金を使って、２Ａや３Ａの選手を何人も助っ人として雇うつもりなのは目に見えていました。白人の野球選手なら、探せばいくらでもいますからね。でも、私たち日系人チームだとそうはいきません。助っ人としてお願いできそうなのは、たったひとりしかいませんでした」

「それが、マッシー・ムラカミ？」

「はい。それが、マッシー・ムラカミでした。ところが、直前になって、大きな問題が起きましてね」

「問題？」

「八月の終わりに、すごい話が来たんですよ。マッシーのところに」

小畑がまた、自分の自慢話のような口調で言葉を挟んできた。

「メジャー・リーグへの昇格だよ！　そんなこともピンと来ないのかよ。ったく」

優子はカチンと来て、

「メジャーに昇格の、どこが問題なんですか！」

と言い返した。

「あの時は本当にびっくりしましたね」

村田は、まるで自分自身の思い出話をしているかのように言った。

「あの頃、日系の連中はみんな、マッシーはいつかはバリバリのメジャー・リーガーになるって信じてくれていました。でも、2Aも3Aも飛び越えて、いきなりのメジャー昇格でしたからね。そりゃ、本人も腰を抜かすほど驚いたし、周りにいた仲間たちも、それはもう天地がひっくり返るほどの大騒ぎでしたよ。しかも、八月三十日に昇格が決まって、九月一日にはニューヨークに飛んでもう投げるっていうんだから。それはそれは異例ずくめのすごいことでした」

村田は遠い目をしてそう言った。

「ただね。メジャーに昇格して、活躍して、ついに今度は初めて先発だってなった時に、思いっきりぶつかってしまったんです」

「ぶつかった？　誰とですか？」

「人とじゃないです。日程がです。例の公園を賭けた、フレズノの白人対私たち日系人チームの決闘試合と、マッシーのメジャー初先発の予定が、思いっきり同じ日になってしまったんです」

「！」

その夜、村上の心は大きく揺れたことだろう。

たとえ、草野球とはいえ、ナイターで大事な先発がある時に、昼間に別の試合に登板するというのは明らかに非常識だ。夜に、疲労が残るに決まっている。が、日系人チームは、自分以外は全員、単なる野球好きの素人である。ピッチャーである自分が抜ければ、勝ち目はほぼ無い。負ければ、あの公園に、今後、日系人は出入りできなくなる。みんなの憩いの、あの公園に。

「マッシーは、私たちを見捨てなかった。なんと、宿泊していたサンフランシスコから、わざわざフリーウェイで三時間も走ってフレズノまで来てくれた。そして、先発して、延長十二回まで、助っ人だらけの白人チームを完封して、なんとなんと、自分で決勝ホームランまで打って、そして、大急ぎでまたサンフランシスコまで、フリーウェイで帰って行きました」

そう老紳士は言った。

「マッシーは、実はバッティングも得意だったからね。メジャー初ヒットは当時のドジャースの大エース、史上最年少で野球殿堂入りしたサンディー・コーファックスから打ってるんだぜ」

小畑がまたまた自分の自慢話のような口調で言葉を挟んできた。

「超人ですね」

そう優子はつぶやいた。

「そうだよ。超人なんだよ。いつか、『マッシー・ムラカミ物語』が映画になる日が来たら、この試合のエピソードがメインになると俺は思うね。特に、延長十二回の攻防はものすごかったし、ゲーム・セットの瞬間は、いつも思い出すだけで、俺、泣いちゃうんだよ」

小畑は本当に泣きそうになったらしく、「クッ」と涙が溢れないよう空を見上

げ、そして、

「これがまさに、『上を向いて歩こう』ってやつだな」

と言った。優子はそれは無視した。

「そして、あとは、ムラさんのお姉さんとの恋。若い頃のムラさんのお姉さんは、それはもう超絶美人さんだからね。モノクロ写真見ただけで、ハートを射抜かれたもん。映画のヒロインにピッタリだ。嗚呼。俺もあと五十年早く生まれていたらなあ。彼女と熱烈な恋ができたかもしれないのに」

そして、またしても「クッ」と空を見上げた。そして、

「これもまさに、『上を向いて歩こう』ってやつだな。『上を向いて歩こう』。坂本九」

と、同じネタをしつこく二度も言った。

優子は、それももちろん無視をして、村田に話の先を尋ねた。

「で、マッシーさんは、まるまるひと試合投げてから、更にその夜、メジャーの試合でも先発をしたんですか？」

村田は首を横に振った。

「いいや。それがそうはならなかったんです」

サンフランシスコに戻った村上を待ち受けていたのは、当時、チームの監督だったライアンからの鉄拳制裁だった。

「大事な先発の試合に遅刻だと！　貴様！　偉そうに何様のつもりだ！」

昼間の試合が延長にもつれ込んだため、村上は集合時間に一時間近く遅れていた。なので、殴られたこと自体に不満はなかった。ただ、

「今日のおまえの先発は取りやめだ。ブルペンでずっと、日本人の好きな『セイザ』ってやつをしていろ。なんなら『ハラキリ』でもいいぞ」

と言われたのは、正直、堪えた。メジャー・リーグの試合で先発をするというのは、世界中の全てのピッチャーにとって大きな夢だった。それをみすみす逃すことになったのは残念だったし、次、また先発を任される日が来るかどうかも自信がなかった。

1Aから、村上の初先発の様子を見に、投手コーチのボブも来ていた。彼は、村上の先発中止のニュースを聞くと、ただ黙って肩を大きくすくめた。

その夜の試合は、一進一退の好ゲームだった。村上は、監督に言われた通り、ブルペンでずっと待機をしていた。先発ではなくなったが、試合展開によっては登板のチャンスはあるかもしれない。そこで名誉挽回の好投をすれば、今日失った監督からの信頼の一部を取り戻せるかもしれない。

それは、八回が終わった時点でやってきた。

試合は、四対四の同点だった。

監督自らブルペンに来ると、村上に言った。

「マッシー。次の回からおまえが投げろ。打たれたら、ミンチ肉にしてマクドナルドに売り飛ばしてやるからな。覚悟しろよ」

九回。村上は、マウンドに登った。

キャッチャーに向かって、肩の感触を確かめるように、七割の力でボールを投げた。

（これは、まずい）

村上は思った。昼間、延長十二回をひとりで投げ切った疲労が、体じゅうにずっしりと残っている。力強く腕を振りたいのだが、力そのものが入らない。

（こりゃ、本当にミンチ肉にされてしまうかもしれないな）

が、今更、自分からマウンドを降りるわけにはいかない。滅多打ちを覚悟で、村上は、バッターに向かって球を投げた。

「どうなったと思います？」

村田が優子に質問をした。

「たくさん、打たれてしまったとか？」

優子が恐る恐る答える。

「そう思いますよね。それが、実は逆だったんです。九回十回と簡単にスリーアウト。十一回もヒットを一本打たれたものの、この回も無失点。そして、十一回の裏、味方がサヨナラ・ホームランをかっ飛ばして、マッシー・ムラカミは、日本人として初の、メジャー勝利投手となったんです」

「ええ？　その日がその日、だったんですか？」

「はい。勝利の瞬間、ピッチングコーチのボブがマッシーの肩を叩いて、こう言ったそうです。『ようやく、無駄な力を抜いて投げられるようになったな』って」

「え？」

「『力めば力むほど、球の力はなくなる。君は今日、体が力まず、その分、球に力があった。今日のピッチングを忘れず、これからも頑張れ』。そう言われたそうです。本人は、後で苦笑いして言ってました。『力まなかったんじゃなくて、力めなかっただけなんだけどね』って」

「……」

と、またまた小畑が横から口を挟んできた。

「だから、それからマッシーはことあるごとにこう言うようになったんだよ。『俺、バカでよかったよ』ってね」

「は？　どういうことですか？」

もし自分が賢い人間だったら、やっぱりメジャー初先発の日に、草野球の試合では投げなかったと思うんだ。そしたらきっと、初回から力みまくって、それはひどいピッチングをしてたんじゃないかな。

バカといえば、そもそも、アメリカに野球留学に来たのだって、バカだよね。

あの時も、実は周りから「日本人にメジャー・リーグは無理だからやめておけ」ってたくさん言われたんだ。「無理な挑戦をするより、日本でチャンスを待つ方が賢いぞ」って。でも、自分はバカだったからね。知ってる世界に止まるより、知らない世界に飛び込むことにワクワクしてしまうんだ。

だから、こうしてアメリカに来た。

そして、日本人で初めて、メジャーで勝利投手になれた。

な？　バカって最高だろ？

DeNA対福岡ソフトバンクの試合も、そろそろ終わろうとしていた。試合はソフトバンクの勝利で、DeNAファンの小畑はもっと悔しがっていても良さそうなものだったが、マッシー・ムラカミについての話を締めくくる小畑は、自分がメジャーで初勝利をあげたかのような幸せそうな表情をしていた。

「小畑さんは、マッシーさんの大ファンなんですね」

優子は思わずそう言った。自分も、マッシー・ムラカミについては可能な限り詳しく調べたつもりだったが、やはり熱烈なファンには敵わない。今日聞いた話をもっと早く知っていたら、青池や、首都テレビのプロデューサーたちを説得できるような番組企画書を自分は書けたかもしれない。そんなことを思った。

が、優子の言葉に、小畑はサッと顔色を変え、

「ファン？　俺がマッシー・ムラカミの大ファン？　バカも休み休み言え！　俺はあんな男は大嫌いだ！」

と吠えた。

「は？」

「あの男は……あの男は……いたいけな小学生の尻を蹴っ飛ばすような、人間のクズなんだからな！」

「は？」

DeNAの最後の打者が、ボテボテのセカンド・ゴロに倒れ、試合はゲーム・セットとなった。小畑の反対側に座っていた老紳士が、それを見届けて、拍手をしながら席から立ち上がった。と、

「あんたもまだ座っておけ！」

と小畑は怒気を含んだ声で言った。

「いや、でも試合は終わったし」

「いいから！」

小畑の言葉は命令に近かった。老紳士は席に座り直した。

「あれは、俺が小学校の三年生の時だった」

小畑は自分の話をし始めた。

「時々、あるだろう？　有名人が、『子供たちのために』とか綺麗事を言って、小学校や中学校に特別講師として偉そうにやってくるイベントが。で、うちの学校にも来たんだよ。日本人で初めて、大リーグで勝利投手になったとかいうおっさんが」

「え？　それって、マッシー・ムラカミのことですか？」

「そうだよ。大リーグで初勝利を挙げたくせに、日本ではイマイチ知名度の低い、マッシー・ムラカミという残念な野球選手だよ」

と吐き捨てるように言った。単なるファンかと思っていたら、小畑はマッシー・ムラカミと直接会ったことがあるのだという。老紳士が、なぜか居心地悪そうに、耳の裏あたりをポリポリと掻いた。

「俺はその頃、その学校で一番頭脳明晰で、爽やかで、汗と埃まみれになるむさ苦しい『スポーツ』というものとの関わりは、断固拒否していた」

小畑は言った。優子はそれを聞いて、（この人は子供の頃から太っていたんだろうな）と想像した。

「マッシー・ムラカミの野球教室には、生徒は全員参加するようにと教師から命令された。でも俺は、昔から、イヤなことにはイヤ、ノーなものにはノーときちんと言える日本人だったからね。グラウンドに無理やり連れ出されはしたが、最初のキャッチ・ボールから、きっぱりと拒否したのさ。そしたら、あの男が俺のところにやってきた」

「……」

「『ヘイ・ユー』。日本人のくせに、マッシーは俺にそう英語で話しかけてきた。『君はどうしてボールを握ろうとしないのかな』。そこで俺は言ってやった。『ぼくは、頭脳で勝負をするタイプなんだ。野球とかサッカーとか、そういうのは頭が悪い連中が頑張ればいい。スポーツに関しては、ぼくは見る専門でいいんです』。と、その時だった。いきなり、マッシー・ムラカミは、俺の尻を蹴った」

「へええ」

優子は、思いっきり、マッシー・ムラカミに感情移入をしながら言った。横から、老紳士が、

「蹴った、というほどではなかったみたいですよ。足で、ちょこんと、その小学生の尻を押したくらいのことだったみたいですよ」

と言った。それを小畑は大声で罵った。

「蹴ったと言ったら、蹴ったんだ！　強さは関係ない！　蹴りは蹴りだ！」

「……」

「ぼくの尻を！　親にさえ一度も叩かれたことのない俺の尻を！　たかだかちょっとだけ野球が上手なだけのおっさんに蹴られたんだぞ！」

小畑が、手をワナワナと震わせながら言った。

「だから、俺はあの男が大嫌いだ」

「そうかなあ」

優子は疑問をそのまま口に出した。

「その割に、小畑さん、大嫌いなはずのマッシー・ムラカミのことにすごく詳しいですよね。や、詳しいだけじゃなくて、彼に敬意を払わない日本人にとっても憤慨とかしてたじゃないですか。それって、やっぱり彼のファンだからじゃないんですか？」

すると、小畑は呆れたように優子を見つめ、

「本当に、君のオツムはおめでたいな」

と言った。

「は？」

「ようく考えてもみろ。あの男に尻を蹴られたという事実は、もう永遠に消えないんだ。この小畑竹踏が、マッシー・ムラカミに尻を蹴られたという事実は変えられない。ならせめて、多少は特別な男に蹴られたことにしてくれないと、この俺の立場が無いじゃないか！　そこらへんの石コロみたいなやつに蹴られたんじゃ、立つ瀬が無いじゃないか。だから俺は、大嫌いではあるけれど、あのマッシ

ーという男が、できれば国民栄誉賞くらい取ってくれないかと願い、やつの知名度や、野球界における功績が世に広まるよう、チャンスを見つけては地道に活動してきた。ところがどうだ。マッシー・ムラカミというボンクラは、国民栄誉賞どころか、名球会にすら入れていない。やつより明らかに格下の選手が何人も入っている名球会にすら！」

「……」

「だから、あんたのふざけたテレビ番組の企画を聞いたときに、俺は心から腹が立ったんだ。別にやつのファンだからじゃない。いい加減、そのくらい、わかれ！」

「……」

観客は既に半数近くに減り、通路の混雑は緩和されていた。

「あーあ。こんな負け試合、見に来なきゃよかった」

そう、小畑はガキのようなことを言った。そして、

「それも、これも、あんたがバカで失礼な女だったせいだ。これからはもう、二

度と俺には関わらないでくれよな」

と捨て台詞を言い、そして小畑は帰って行った。去り際に、老紳士に向かって、

「あ、ムラさん。今日のバイト代を引いても、まだ、あんたの麻雀の負けは二万円残ってるからね」

と言って。

「バイト?」

うまく話の流れが理解できなかったので、優子は村田という老紳士に尋ねた。

「バイトって何のことですか?」

と、村田は急にあたふたとして、

「こうやって最後にバラしちゃうんじゃ、意味ないですよね」

と言った。

「は?」

「まあ、いいや。詳しいことは小畑先生から今度聞いてください。自分は、本当に、今日はただのバイトだったんで」

そう言うと、老紳士も立ち上がった。

「あの」

優子は、ふと、ある質問を彼にぶつけたくなった。

「あなたは、本当に、村田さんですか？」

「はい？」

「本当は、村田さんではなく、マッシー・ムラカミさん、だったりしませんか？」

すると、老紳士は大きな口を開けて笑った。そして、

「そんなはずあるわけないでしょう。マッシーさんなら、今日は確か、大谷翔平が先発する試合の解説をしてるはずですよ。私はただの寿司屋のオヤジです。サンフランシスコの寿司屋のね」

そうキッパリと否定して、そして彼も帰って行った。

優子は、それからもしばらく、スタジアムのスタンドに座っていた。今日の試合中、ずっと聞かされたマッシー・ムラカミについての長い長い話を思い返しな

がら。爽やかな風が、優子の頬を撫でる。この強さで風が吹いてもまるで寒くないのだから、夏が来るのも早そうだ。そんなことも、思いながら。

そして、翌日の金曜日。

昨日に引き続き、その日も快晴だった。昼休み、優子は、軽い足取りで、北田と待ち合わせの公園に出かけた。

少しだけ早めに来たにもかかわらず、北田は既に到着していた。ベンチに座り、雲ひとつない青空を見ている。

「お待たせしました」

そう言いながら北田の横に座ると、彼は、

「たまたま太陽光の反射率のせいで青い光しか見えないけれど、今もこの青空の上には無限に広がる宇宙があるのかと思うと、胸がドキドキしてきませんか?」

と言った。

「はい?」

「あれ? しませんか? おかしいな。ぼくは、毎日ドキドキしてるんですけど」

そう言って、北田は笑った。

優子も笑った。それから、

「北田さんって、周りから『バカ』って言われたりします?」

と質問をしてみた。

「あー、そうですねえ。かなり言われますね」

そう北田は答えた。

「でも、日本の社会って、初めてのことにチャレンジする人を、とにかく『バカだ』と言って邪魔をするようなところ、ありますからね。なので『バカ』って言われるたびに、『あ、褒められてるのかも』って思うようにしてるんです」

「ポジティブですね」

「はい。自分、かなりポジティブな人間なんです。さ。冷めないうちに、期間限定の新しいハンバーガーを食べませんか？」

そう言うと、北田は、美味しそうな匂いのする包み紙をふたつ取り出し、ひとつを優子に手渡した。優子は受け取った包み紙を膝の上で開きながら、北田に尋ねた。

「そういえば北田さん、マッシー・ムラカミって知ってます？」

トマトとアボカドの覗くハンバーガーを口元に運んでいた北田は、その手を止めて、

「マッシー・ムラカミ？　もちろん知ってますよ。日本人で初めてメジャー・リーガーになった野球選手ですね。実は私、彼が日本のプロ野球で登板した試合、何度か球場で見てるんですよ」

と、答えた。それから、

「あれ？　井川さん、なんで笑ってるんですか？」

と言って、首を傾げた。

「いえ、なんか嬉しくって」

「え？　どうしてですか？」

「北田さんはきっと知っているんだろうなぁって思ってて、やっぱり当たりだったからです」

「はい？」

「そうですか。試合も見てたんですね。そうなんですね」

そんなことを言いながら、優子は、まだ温かいハンバーガーにがぶりと齧りついた。


優子には、北田と会ったら話したいと思っていたことが三つあった。

ひとつは、週末の緊急会議の話。

野茂英雄に振られて大騒ぎになっていたところに、博通の別の営業局から「東京オリンピックを盛り上げるためなら、羽生結弦くんが出演を検討してくれるかもしれない」という情報が入った。青池は、自分の意見は言わず、ただ黙って、局のプロデューサーの顔を見た。局Pは一言、「うちのカミさん、そういえば最近は、羽生くんにもメロメロなんだよな」とコメントした。その瞬間、企画内容の変更が決まった。パイオニアという切り口はやめ、「金色に輝く日本人」という、（え？　そのコピーで本当に大丈夫なんですか？）という企画になった。企画書をまとめるのは、またしても優子の役目となった。が、優子はその企画書をまだ一行も書いていない。なんというか、プツンと糸が切れて、いろいろなことが急にバカバカしくなってしまったのだ。もちろん、羽生選手は偉大な選手だ。そんなことは重々わかっている。ただ、そうした偉大な人間に群がるようにしてお金を稼ぐ人たちに、そういうビジネス・モデルに、急に優子は醒めてしまったのだと思う。ちなみに青池は、今度は別のコマーシャルに起用した俳優が、泥酔して公道で見知らぬ若い女性の胸を揉みまくって逮捕されるというトラブルに巻き込まれ、連日その事件の事後処理に追われている。

ふたつめは、日本人で初めて、大リーグで勝利投手となったマッシー・ムラカミの話。そして、マッシー・ムラカミを大尊敬している小畑という奇妙な精神科医の話だ。

彼が自分に聞かせた、本当なのか嘘なのかよくわからない、若かりし頃のマッシー・ムラカミの話。その後、更にいろいろな情報を調べるうちに、一点だけ、あの小畑たちの話と符合するインタビューを見つけたこと。三年前、とある雑誌で、マッシー・ムラカミは、インタビュアーから「アメリカ行きについては悩まなかったんですか？　怖くはありませんでしたか？」という質問をされていて、それに対する彼の答えが、

「実は、全然悩まなかったんですよ。多分、ぼくは、バカなんですね。バカなんで、失敗したらどうしようとか、そういうことを考える脳がないんです」

だった。そのインタビュー記事を読んだ瞬間、何かがストンと優子には腑に落ちた気がした。あれは、嬉しい瞬間だった。

「うん！　うまい！　これも美味しいですよ、井川さん！」

そう、北田が嬉しそうに言う。優子もハンバーガーを齧る。初めて味わうソー

スの香りが新鮮だった。

優子は、みっつめの話題を、最初にすることにした。

「北田さん。私も、格好いいバカになってみたいと思います」

「え？」

言ってから、もう一口、ハンバーガーを齧る。そして、

（そういえば、昨日から、全然、頭痛を感じてないな）

と優子は気がついた。根拠は何もないのだけれど、あの頭痛は、もう二度と自分のところにはやってこないだろう。青空と、その更に上の宇宙を感じながら、

優子は少しだけ、小畑竹踏に感謝をした。

巻末インタビュー

村上雅則「日本人初のメジャーリーガーの軌跡」

聞き手・佐久間和男

佐久間　村上雅則《むらかみまさのり》さんは、日本人で初めてメジャーリーガーになりましたが、高校を卒業して、まずは南海ホークスに入団されました。その辺りの経緯を伺えますか？

村上　僕は昭和19年、１９４４年生まれです。父親は当時三〇歳を過ぎてたけど、人手不足から徴兵されて満州でソ連の捕虜になってしまった。四歳の時に舞鶴港に引き揚げてきて、そこで初めて顔を見た。何かヘマするとすぐ引っ叩かれて、すごく怖かった。本格的に野球をはじめたのは中学二年の9月、父に内緒で野球部に入部してね。二ヶ月くらいでバレたんだけど、当時の監督がきちんと話してくれたのか、勉強をちゃんとやれば野球を続けていいことになった。中学三年で市大会で優勝したことが強豪校・法政二高の田丸仁《たまるひとし》監督の耳に入って、結局、法政二高へ入学しました。高校一年の夏、神奈川県大会で優勝して甲子園へ行った時、監督に「村上、甲子園へ行くか？」って訊かれたんだけど、普通の子なら「はい、行きます！」と言うところ、ちょっと遠慮がちだったのかな、「監督に任せます」って答えたら、「お前はまだチャン

村上雅則氏（左）と佐久間和男氏。インタビューが行われた当日、MLB café TOKYO のマッシー（村上氏の愛称）シートにて（2018年6月11日）　©石島邦彦

スがあるから二年生にやらせよう」って。その年、甲子園で初優勝したんですよ、それがそもそものつまずきだな（笑）。二年の夏は絶好調だったんだけど、県大会の開会式が終わった足で学校に戻り練習してたら、ピッチャーライナーが手首に当たって骨折。その夏も県大会で優勝して甲子園に行ったけど、自分はスタンドで応援でした。三年の最後の夏の大会は、始まる三週間くらい前に食中毒にかかっちゃった。急いで治してランニングとか別メニューで頑張ったんだけど、スタミナがないから全然力が入らなくてね。県大会準決勝で慶應に負けて甲子園に行けなかった。7月終わりに高校野球をフィニッシュして、夏休みの残りは山梨の実家に帰った。その8月、南海ホークス

の鶴岡一人監督が直々に入団の勧誘に来てくれたんです。どうやら実家にはロッテとかジャイアンツとか、他の球団からもオファーの連絡があったらしいんです、僕は聞いてないいんだけど。でも父は大のスポーツ嫌いだし、僕を外科医にしたかった。僕も大学に行こうと思っていたから、両親も交えて監督と話をして「僕は入りません、大学に行きます」って答えたの。そうしたら帰り際に監督が、「入団したらアメリカに留学させてやる」と言いだして。聞いた途端「え、行きたい！」という気持ちになった。野球をしに行きたいんじゃなくて、ただアメリカに行きたい、と（笑）。当時はそんなに簡単に行けなかったしね。夏休みが終わって高校に戻ると、当時二高から大学の野球部の監督になっていた田丸さんに相談に行った。すると、「村上、プロに入れ」って。田丸さんが言うならと思って、南海ホークスに入団することにしたんです。

二軍スタートの南海ホークスからアメリカへ

村上　高校を卒業して入団した63年3月の大阪球場で、雪の降る中、もうちょっと肘を上げろ、カーブを投げてみろって言われながら一生懸命投げてたら、一番最後の投球の時、ピチッと音がした。たぶん肘の腱が切れたんだね、薬指に力が入らなくて。翌日はなんとか投げられたから、その状態でオープン戦に臨んだんだけど、結局二軍スタート。湿布貼っても痛いから、整形外科で痛み止めの注射を打ってもらった。注射すると痛みがなくなって次の日から投げられるんです。でも三週間くらい経つと薬が切れて痛くなるから、また注射を打ちに行く。痛くなくなって投げるでしょ、すると二軍でいい成績をおさめるわけ。17奪三振もしたんですよ。その時は次のバッターの3球目、打った球がファーストのフェンスのところへ上がって、そのままファールになればよかったけど、取ったからアウトになっちゃった。もしもう一球投げてれば18奪三振できたと思うし、そうなればウエスタン・リーグの新記録だったんだけどね。

佐久間　初年度はずっと二軍で、一軍にコールアップはされなかったんですか？

村上　されたけど、痛み止めが切れちゃうとまた二軍に行って、注射打って成績がよくなると「一軍に上がれ」っていう繰り返し。三回くらい上がったかな。

佐久間　それで、アメリカにはいつ行くような話になっていたんですか？　日本で少し経験を積んで、時期を見て行かせてあげようという感じですか？

村上　僕自身はね、入団したらその年に行けると思ってたの。当時はまだドラフト制度はなかったけど（※65年11月から開始）、僕はドラフトでいうと3位くらいだったと思うんだ。だから鶴岡さんは村上はもう少しあとでいいと思ったんじゃないかな。大阪球場で肘を壊しちゃったのもあるかもしれない。当時の1位は甲子園に出た中京商業の林っていうすごくいいピッチャーで、彼と、一軍の大エース・杉浦忠《すぎうらただし》さんの二人がボルチモア・オリオールズかミネソタ・ツインズのキャンプに十日ほど行って、その後、彼らはプロ野球のシーズンに間に合うように帰ってきた。

佐久間　杉浦さんや林さんは、キャンプだけのショートステイだったんですね。

村上　そう。アメリカに行かせてやろうっていうご褒美的なものだね。

佐久間　肘痛を抱えながらの63年のルーキーシーズンを終え、いよいよ村上さんのアメリカ行きの64年（東京オリンピックの年）になりますが、その経緯は？

村上　あれはプロ二年目の広島・呉《くれ》でのキャンプ中。2月20日くらいに鶴岡さんに突然、「村上、お前アメリカ行くぞ、すぐに住民票やパスポート用意しろ」って言われて、急いで神戸の領事館でビザを取って、3月10日に羽田から飛んだんです。

佐久間　サンフランシスコ・ジャイアンツに行ったのはなぜだったんですか？

村上　日系二世のキャピー原田っていう鶴岡さんと非常に懇意にしてる人がいて、その弟が南海ホークスのフロントにいたの。キャピー原田はマッカーサー元帥の通訳として日本に来たことのある人で、後にピート・ローズのエージェントみたいなこともしてたな。

佐久間　今のメジャーリーグはアメリカン・リーグ15球団、ナショナル・リーグ15球団の30球団ですが、村上さんが行かれた当時の球団数は？

村上　アメリカン・リーグ10球団、ナショナル・リーグが10球団、計20球団だね。

佐久間　野球留学ですから、選手というよりは練習に行く感じだったんですか？

村上　僕の他に新人が二人いたんだ。彼らはルーキーリーグに1シーズン行ったんだけど、プロ二年目の僕は「三ヶ月くらいの予定で行ってこい」と言われたから、6月には帰るのかなという気持ちでいた。契約書は英語だし、いろんなことが全然わからなかったんだよね。とりあえずキャンプに合流して一ヶ月経った4月15日頃に、配属が決まっていたジャイアンツの1A《シングルエー》の一つ、フレズノへ向かった。バスで二四時間、その途中でパンクが二度（笑）。

佐久間　メジャーリーグは一番下からルーキーリーグ、1A、2A《ダブルエー》、3A《トリプルエー》とあり、その上がメジャーリーグです。メジャーリーガーはエリート中のエリートですよね。

村上　一つの球団に、1Aのチームが三つぐらいあるし、2Aも二つはあるしね。

佐久間　マイナーの数だけで、一球団で六チームくらい最低でもあるから、全体では百数十チームあるってことですよね。ジャイアンツの1Aが三つある中で、村上さんはなんでフレズノだったんでしょうか？

村上　理由はね、フレズノという土地――サンフランシスコから南東へ車で三時間くらい、320キロくらいのところなんだけど――に日系人が多かったこと。

佐久間　小説本編にはフィクションで村上さんがよく通っていたとされる寿司屋が出てきますが、日系人街に日本食が食べられるお店は実際にあったんですか？

村上　お店はあったよ。でもチームのホームタウンだったフレズノでは、僕はほとんど外食しなかったね。下宿していた日系二世の佐伯さんのお母さんに作ってもらってた。アメリカは物価が高かったしね。でも一つだけよかったのはグレープフルーツ。日本では当時まだ高くて食べられなかったんだよ。それがアメリカでは安くて、目の前ですぐにジュースにしてくれて、さあ飲め、って。すごくうまかった。

フレズノでの活躍、そしてメジャーへのコールアップ

佐久間　当時の背番号は何番だったんですか？

村上　それがね、日本だったら選手ごとに新調したユニフォームがビニール袋に入ってて「はい、お前のだよ」って渡されるんだけど、1Aは違ってね。当時の日本のプロ野球には一軍にトレーナーが一人、二軍にも一人いた。でもフレズノは監督一人、コーチなし、トレーナーもなし、ドクターもなしで薬箱だけという状態だった。最初に球場のロッカールームに行ったら、監督が持ってきた四つのダンボール箱に選手たちがわーっと群がって、中からユニフォームを出してるんだよ。こっちは何が何だかわからなくてぼーっと見てたら、チームメイトが「何してるんだ？　ユニフォームを早く取れ」って言う。当時のユニフォームは上からのお古で使いまわしだったんだよね。そうしたらもう五、六枚しか残ってなくて。しょうがなくサイズが合うのを選んだら、ホーム用が6番、ビジター用が8番になっちゃった（笑）。監督に伝えたら最

初は困ってたけど、「まあ、それで登録すればいいか」ってことになった。

佐久間　そんなふうにフレズノでのシーズンが始まった、と。

村上　そう。シーズンが始まる時、俺がいないところで監督が選手を全員集めてね、「お前ら、マッシーのことをジャップって言っちゃだめだよ」って注意をしてくれたらしい。「ジャップ」っていうのは差別語だからね。

佐久間　選手はみんな優しく接してくれたんですか？

村上　うん。ただ、チームにいたのは一七歳からベテランでも二五歳くらいまでだったから、みんないたずら坊主なのよ。しかも僕は英語があんまりわからない。だからああだこうだ、からかわれたよ。何を言われてるかはわからないけど、からかわれてることはわかるんだ。しかもしつこくてね、Play Ball のギリギリまで言ってくる。それでこっちも「シャラップ」って言ってやめさせて、の繰り返しだった（笑）。

佐久間　チームでは最初からリリーフだったんですか？

村上　監督から最初に、村上はリリーフをやれって言われたんだよね。日本では試合で投げても投げなくても、朝から晩まで投げとけって練習させるでしょ。でもアメリカのピッチャーは、このゲームで投げそうだなっていう時だけ練習するの。で、ある時、四日間も投げてないから投げたくて投げたくてうずうずして、自分で勝手にブルペン行って練習のつもりで投げ始めたんだ。そうしたらチームメイトが来て、「監督がやめろって言ってる！」って。しょうがなくベンチに戻ったら監督に、「お前はリリーフピッチャーなんだから、これから何試合連続で投げるかわからないんだ。休める時は休んどけ」って教えられた。実際、その翌々日くらいから三連投だったかな。
佐久間　1Aっていうのは何試合くらい戦うんですか？
村上　140かな。日本より多かった。
佐久間　フレズノは西海岸ですけど、遠征も基本的には西海岸ですか？
村上　そうだね。1Aっていうのは飛行機に乗るだけのお金がなくて、バス移動できるところじゃないと行けない。飛行機に乗れたのは3Aくらいからじゃないかな。バス移動で最長だったのがリノというネバダ州の博打場で、八時間かかった。
佐久間　移動も大変ですね。そのシーズンは村上さんの活躍もあって優勝しそうな勢いで、夏場を迎えたんですよね。
村上　うん。結局優勝したんだよ。
佐久間　その優勝争いの中で、村上さんがメジャーにコールアップされる運命の9月1日が近づいていく。8月31日まではメジャーリーガーとして一チーム25人しか登録できないけれど、9月1日から枠が40人になるんですよね。
村上　なぜ9月1日かというと、次のシーズンの戦力分析のため。活躍してる若い選手をメジャーに上げて経験を積ませるの。メジャーの球団は抱えてるマイナーのチームも多いから、スカウトがいろんなチームの選手を見てレポートを上げるんだよ。
佐久間　優秀な選手をちょっと試してみよう、と登録枠の人数を広げるんですね。
村上　そう。フレズノでその時候補に挙がったのは、17、8勝したエースの左ピッチャーでペドロ・レイノソと、投手から外野手に転向した途端にホームラン王・打点王・盗塁王をとって1AのMVPになったアーリー・ブラウン、センターのバビー・テイラーという黒人選手と僕の4人。僕もリリーフピッチャーとしてその年のベストナインと新人王に選ばれた。監督もベストマネージャーだったね。
佐久間　選手も監督もすごくいいシーズンだったんですね。15人分枠が広がるとは言え、1Aには村上さん以外にもいい選手がいて、上のリーグの2Aや3Aにも活躍している選手がいたのに、彼らを差し置いて、ご自身が選ばれた時の感想は？
村上　なんにも考えてない（笑）。メジャーなんて夢にも思わなかったね。それが、8月20日くらいにロッカールームでチームメイトが喋ってってさ。その頃にはようやく英語が少しわかるようになってたから、「何話してんだ?」って訊いたら、「あ、お前もあるかもな」とだけ言われたの。それで、「何が?」って訊いたら、メジャーの枠が広がることを教えてくれて。その後、29日に監督が「明日、マイナーのオーナーが来て、試合が終わったらお前が行くと発表するから支度しとけ」って。30日に発表があった。9月1日は敵地ニューヨークでのメッツ戦だったから、31日にフレズノから飛行機でまずはサンフランシスコの空港に行った。前日にチケットはもらってたんだけど、空港に関係者が誰もいなくてね。通りすがりのパイロットをつかまえて、どの飛行機に乗ればいいか尋ねて、とりあえずニューヨークまでは行けた。でも、空港へ着いたら、また誰もいない。

佐久間　もちろんニューヨークも初めてですよね？

村上　初めて！　フレズノの下宿のおばさんが「ニューヨークは怖いから気をつけなさい、表へ出ちゃだめよ」って言ってたんだよね。またパイロットを見つけてホテルへの行き方を訊いて、なんとか着いてチェックインしようとしたら、お前の名前は入ってない、って。もう一回見てくれって頼んだけど、やっぱりないと。

佐久間　その時に、ジャイアンツの選手だってアピールはしたんですか？

村上　もちろん。でも向こうが持ってるリストに、まだ名前が載ってなかったんだよね。しょうがないからロビーの隅っこに座ってさ。このまま泊まれなかったらどうしよう、帰りのチケットはないし、ニューヨークは表へ出たら怖いって言うし、明日はハドソン川に浮かんでるかな、なんて思った（笑）。そうしたら球団のスタッフが来て、言われるままにサインしたら、ＯＫって部屋へ連れて行かれた。それが8月31日。

佐久間　本拠地デビューではなく、いきなりビジターの試合に帯同したんですね。

村上　うん。翌日は昼頃に集合でね。ちょうどメッツの球場の道路を挟んだ反対側で世界博覧会をやってたんですよ。行きたい人はそこを見てから球場に入った。練習が始まると、突然球団スタッフがやってきて、「お前、ここをどこだと思ってるんだ、メジャーだぞ！　なんだそのアンダーシャツは！」って怒鳴る。僕はよくわからずに日本から濃紺のアンダーシャツを二、三枚持っていってたんだけど、実は濃紺はライバルのドジャースのカラーで、ジャイアンツは黒なんだよ。それで慌ててロッカーへ行ったんだけど、着替えもないし、仕方なく袖を切った。そうそう、今度はユニフォームは一応用意されていて、10番だった。南海ホークスも10番だったから、日本でもアメリカでも10番から始まって、ちなみにどちらも37番で終わった。それからグラウンドに戻って練習を再開したらまたスタッフが呼びにきて、行ったらゼネラルマネージャー（GM）がいる。「契約書にサインしろ」って言うんだ。でも、本来6月くらいに帰る予定だったのに帰れないから、父親に契約書は気をつけろよって言われてたんだよね。

メジャーで初登板した9月1日の対メッツ戦にて。左から、ジャイアンツのクッキー・ラヴァゲット（コーチ）、村上氏、メッツのケーシー・ステンゲル監督。

佐久間　村上さんは6月くらいに帰るつもりだったんですか?
村上　うん。帰るつもりでお土産も買ってたんだよ。
佐久間　南海ホークスからは何も連絡なかったんですか?
村上「キャピー原田の言うことを聞いておけ」ってだけで、連絡はなかった。
佐久間　キャピー原田は、村上さんにいつ頃帰れるかとか言わなかったんですか?
村上　キャピーは「いていいんだよ」としか言わないから、しめしめと思ってた。
佐久間　帰ろうとは思ってたけど、いていいんだって言われて、気づいたらメジャーにコールアップされて契約書にサインしろと言われたという流れですか?
村上　そうだね。日本だと、一軍でも二軍でも年棒契約のサインは一回きり。でも、アメリカでは1Aや2A、3A、メジャーに移るたびに契約しなきゃいけない。そんなこと知らないし、契約書なんて日本語でもわからないのに英語だからもっとわからなくて、サインしないって言ったの。そうしたらスタッフが客席から日本語がわかる人を連れてきたんだよ。その人からいろいろ教えてもらって、ようやく理解してサインした。その瞬間、GMが電話でコミッショナーに「今契約したけど登録してOKか?」って確認して、「OK!」となった。それがプレイボール15分前。メジャーでやるっていうのに契約するのを断ったのは僕くらいだよね(笑)。
佐久間　今は、通訳がいたり、エージェントもいて、至れり尽くせりですよね。

村上　金があったらトレーナーも連れていくしね。
佐久間　1Aから一足飛びにメジャーに上がることがいかにすごいかという感覚はあったんですか？
村上　うーん。ちょっとはあったんだけど……事の重大さに気がついたのは、初登板してからかな。マウンドで投げて、試合が終わって、バスでホテルに帰る頃になってようやく、俺、なんかえらいことしたみたいだ、と感じたんだよね。
佐久間　その年のサンフランシスコ・ジャイアンツは優勝争いに絡んでたんですか？
村上　優勝したセントルイス・カージナルスと3ゲーム差の4位。チャンスはあった。
佐久間　運命のメッツ戦はナイトゲームで、試合展開的には0対4で負けてたんですよね。村上さんに声がかかったのは何回ですか？
村上　メッツの攻撃が終わって、8回表のジャイアンツの攻撃が始まる前に、「もしこの回に点が入らなかったら8回裏から行くぞ」と言われた。一度、5回くらいの時にブルペンに入って練習したけどね。なにせ、メジャーのコーチは僕がどんな球投げるのか、一度も見たことないんだもん。でも結局、0対4のまま8回表の攻撃が終わったから、もう9回しかないし、ってことで、試したんじゃない？
佐久間　いよいよ初登板ですけど、その時の心境っていうのは？
村上　観客が四万人。当時のメッツはこの年オープンしたばかりのシェイ・スタジアム。メッツ自体が二年前にできたばかりの球団だったからね。スタンドが2階建でカクテル光線の照明がその2階の後ろのフェンスからぐるっとあって、きれいだなあと思った。それから「Now pitching San Francisco Giants, No.10, Masanori Murakami!」ってコールされてね。それまでは五百人から千人規模の球場でやってたのに、今日は百倍近い四万人、しかもカクテル光線。緊張してあがっちゃいけないと思って、とっさに「スキヤキソング」（坂本九「上を向いて歩こう」）をハミングしてマウンドまで歩いていった。

佐久間　小説にも、精神科医の小畑が「上を向いて歩こう」を歌ってるのが出てきますが、元ネタはそこにあるんですね。それで、試合の方は？

村上　第一球、見事にアウトコース低めにストライク取ってさ。三振取ったのよ。次はメッツのキャッチャーにセンター前を打たれた。その次が三振、最後はショートゴロ。9回に味方が1点取ったから、「ああ、3ラン打たねえかなぁ、そうしたらもう1回投げられる、もう1回投げたいな」と思ったんだよね。

佐久間　この日は勝ち負けなしですが、初年度は9試合登板、1勝1セーブですね。

村上　そう。9試合で15イニング投げた。最後の1試合で3点取られちゃったんだけど、それまでは、1点も取られなかった。

佐久間　防御率1・80ですもんね。しかも三振奪取率がすごいんですよね。

村上　15イニングで15。翌年が74と⅓イニングかな、それで85奪三振。
佐久間　投げてる回の数より奪三振が多いのはすごいですね。それで、初勝利は？
村上　9月29日、サンフランシスコのキャンドルスティックパークでのホームゲーム。9回からで、延長11回まで4対4の同点におさえたところで、ライトのマテオ・アルーが今季2号サヨナラホーマーを打った。サヨナラ勝ちしたんだけど、勝利投手のボールがないの、ホームラン打っちゃったからね（笑）。
佐久間　今回の小説では、フレズノで草野球のピッチャーをやってからホームゲームに駆けつけた、ってありますけど、それはフィクションですよね。
村上　そうです。でも、試合は小説通りナイトゲームだったね。あの頃はナイトゲームが19時55分スタートとか、20時近かった。24時を回るような試合もあったしね。
佐久間　やったぞ！　勝ち投手だという実感はあったんですか？
村上　いやいや。みんなサヨナラホーマー打ったバ

メジャー初登板の対メッツ戦、シェイ・スタジアムにて。ジャイアンツのアルヴィン・ダーク監督（左）と村上氏。

ッターの方にわーっと行くからさ。「やったやった!」ってね（笑）。それでも何人かそのあと気づいたように「おめでとう」って言ってくれたのは覚えてるけどね（笑）。

サンフランシスコの日系人に与えた感動

佐久間　村上さんがドジャース戦で、審判の判定に無言で抵抗して、それをテレビで見た日系人の人たちの溜飲が下がったって話がありますよね?

村上　うん。あれはビジターゲームで、相手バッターへの初球が、コースはちょっと甘かったけどいいところに決まって、僕はストライクだと思ったの。それなのにキャッチャーの頭で見えなかったのかどうかわからないけど、ボールをとられた。それで三歩くらい前へ出て「Why?」って言ったら、審判がまくしたてた。早口だとわからないから、これじゃあケンカにならねえや、こんちくしょうと思ってマウンドへ戻った。その時、マウンドのロージンバッグ——アメリカのは日本のより大きいんだよね——を、審判に背を向け五、六メートル真上に投げたの。それがポンと落ちて、もうしょうがないと振り返ったら、審判がマウンドの半分くらいのところまで来てわめいてる。で、キャッチャーが審判をおさえて、「日本人で若いしよくわからないだけだから勘弁してやれ」って言ってるんだよ。審判は「もう一回やってみろ、退場だぞ!」と言った。このやりとりをサンフランシスコの人たちはテレビで見てたんですよ。二、三日してホームに帰り、ダウンタウンに食事へ行ったら、七〇歳くらいのおじいさんが来て、「ミスター村上！」って僕の手をつかんで「you はよくやってくれた！」って。ロージンバッグを放ったことを言っててね。「戦争で負けて施設に入れられ財産も没収されて悔しい思いをした。アメリカ人が黒を指差しながら『この色は白だろ？』って言ったら、イエスとしか言えなかった。怖くて絶対に逆らうことができなかった。それを二〇年経った今、あなたがアメリカの国技の野球で審判にロージンバッグを放ったのを見て、俺たちの胸のつかえがとれた！」と。

ウィリー・メイズ（左）とベンチで談笑する村上氏。

誤解から生じた二重契約問題

佐久間　シーズンが終わり、「ああこれで日本に帰るんだ」と思ったんですか？

村上　シーズンが終わった少しあと、ウィンターリーグというのがあって。比較的若い選手中心に、技術向上とＤＬ（故障者リスト）に入った故障者の復活のため、あたたかいアリゾナで何試合かゲームをやるの。それを終えたら帰ろうと思ってたんだけど、そこにキャピーが来て「ホークスは、村上が来年もジャイアンツでやっていいって言ってる」って。

佐久間　村上さんの活躍が日本でどう伝えられているかは入ってきてたんですか？

村上　父親から二回くらい電話はあったかな。でも、いつも帰ってこいとだけ言われて。たぶん、アメリカで契約なんかしたらもう帰ってこられなくなる、って脅されたりしてたんじゃないかな。ホークスからはなんの連絡もなかった。当時はまだ鶴岡監督への義理も感じてたから「帰らないとな」と思いつつ、キャピー原田はホークスがOKと言ってるって言うから、まだジャイアンツにいてもいいのかな、とも思って。どうしたらいいかわからず、アリゾナで父に電話して、ホークスの人に電話をくれるように言ってくれないかと頼んだ。そうしたらようやく電話がきたんだけど、どうなってるのか少しは説明してくれるかと思ったら、「なにしろ帰ってこい」しか言わない。それが頭にきたんだよね。それに、キャピーが「いていい」って言うから、次のシーズンもジャイアンツに残るという契約にサインをしてたんだよ。

佐久間　村上さんは、キャピーに「いていいよ」って言われたからサインして、ホークスからは一回帰ってこいって言われたから、一旦、日本に帰ったんですね。

村上　64年の12月に帰国した。

佐久間　そうしたら、羽田に着いた途端、新聞記者が待ち構えていた、と。

村上　飛行機が着いたらタラップの下に記者がいて、びっくりしちゃった。飛行場の部屋で取材を受けたんだけど、その時に同席したのはホークスの人じゃなくてコミッショナーだったかな。それからパパラッチにつきまとわれたりもして。実家に帰ってから大阪の球団事務所に行った。僕が「キャピー原田の言うことを聞けばいいって言われたからその通りにした」と言ったら、「それは違うんだ。お前はジャイアンツじゃない、南海ホークスなんだ」っていろいろ説明を受けて、やっぱり違ったんだと思った。ここにサインしろと言われてサインしたら、それが二重契約になっちゃった。

佐久間　誤解が誤解を生んだ二重契約だったんですね。それなのに、「村上が勝手だ」と偏向報道されちゃったんですね。

村上　まあね。

佐久間　宙ぶらりんの二重契約で、ジャイアンツは返さない、ホークスはうちの選手だからやらない、と結局球団同士で話がつかず、MLBと日本のコミッショナーとの話し合いに進展したわけですが、そもそも何故ジャイアンツが村上さんの保有権を主張したかと言えば、野球留学で受け入れるという契約書の備考欄に、選手の能力によってはメジャーに昇格できる、ということが織り込まれてたんですよね。でもホークスは、まさか弱冠二〇歳の人間がメジャーにコールアップされるなんて夢にも思ってない。だから誤解が誤解を生んだ。

村上　一年目のシーズンが終わって僕がアリゾナにいた頃かな、ホークスのスカウトがサンフランシスコ・ジャイアンツの球団に行って、そこで一万ドルだったか、もらって帰ったんだって。これがジャイアンツとしては金銭トレードだったようなんだよね。ところが、一万ドルは村上がメジャーに上がったプレゼントだって喜んで持って帰ってしまった。その辺り、お互いにどんな風に伝えて取引したかわかんないんだけどね。

佐久間　通常は2月くらいにキャンプインしますけど、65年の2月にはまだ決着はついてなかったんですよね？

村上　そうなんだよ。メジャーからは、村上は日本で一軍でも二軍でも公式試合に出すな、と言われ、毎日自分の練習とバッティングピッチャーだけで暮らしてたの。飼い殺しだったんだよ。そうして数ヶ月経った4月29日、鶴岡さんから「今年はアメリカに行くことになったけど、来年は帰ってきてくれ」って言われたの。その時、僕は鶴岡さんに、「決まったからよかったんですけど、あと一ヶ月、5月いっぱいこの話が決まらなかったら、僕はもう野球やめるつもりでした」と。「え、お前そんなに悩んでたのか」って鶴岡さんは驚いてたけど、「そりゃあそうですよ、健康なのに、野球やりたいのにやらしてくれないって言うなら、足洗ってもいいなぁと思ってました」って。鶴岡さんは「そうかあ……」って言ってたなぁ。

佐久間　結局、落とし所として、65年のシーズンはジャイアンツで活躍してもらって、次の年にホークスに返す、66年は契約はしないということだったんですか。

村上　いや、66年もジャイアンツから一万五千ドル――65年と同額――で契約書が来たよ。でも約束があるし「帰る」と伝えると、契約金が二万ドルになり、最後は三万ドルまで上がったんだけど、結局父も帰ってこいの一点張りだし、66年は帰国した。

佐久間　なるほど。65年のシーズンは二重契約の問題で開幕に間に合わず一ヶ月遅れでチームに帯同されましたけど、その年、4勝8セーブを上げ、メジャー初ヒットも打ってますよね。メジャーではリリーフ中心だから、打席数も少なくなるはずですが、村上さんの初ヒットは、当時ドジャースの左の大エース、サンディー・コーファクスから打っています。彼はサイ・ヤング賞を三回も獲ってなんと三六歳で殿堂入りしている。今まさに大谷翔平が二刀流で話題になってますが、村上さんも打者としての能力がすごく高かった。南海ホークスに戻ってからは、70年には71打数で22安打、3割1分。71年は100打席で98打数30安打、ホームラン4本、打率が3割6厘。しかもピッチャーなのに中心打順の6番で打ったり。

村上　5番を打てって言われたけど、ピッチャーだからもしノックアウトになったら穴が開くから6番で、って。

佐久間　そして、投手としても打者としても82年に日本で引退されるまで活躍された。

メジャーで5勝、日本で103勝。日米通算で108勝は、ボールの縫い目と同じ、あるいは煩悩の数。

村上　そう、除夜の鐘（笑）。

チャンスがあるならトライしてほしい

佐久間　村上さんの軌跡を知ってもらいたいと思ったきっかけが、若い人たちの中で妙な閉塞感があると気づいたからなんです。村上さんは二〇歳の時、自分が知らないところに行ってみたいという好奇心から、0を1にするように人がやったことのないことをやったわけですが、昨今は安定を求めるというか、新しいところに飛び込むより足元を見据えてという考え方がスタンダードになりつつあると感じるんです。この小説のタイトル『マイ・フーリッシュ・ハート』はネガティブな意味ではなくて、新しいところに飛び込んでいく勇気と、知らないものを知りにいこうという好奇心を表していると思います。知らないことを体験すると痛みも伴う。自分が経験したことのないことへと踏み出すには勇気がいるし、怖いと思うだろうけれど、そこであえて一歩踏み出す勇気について、村上さんにアドバイスしてほしいな、と。

村上　いつも思うんだけど、人生は一度なんです、二度はない。野球の世界で言えば今の日本の選手には、もしメジャーに行きたくてチャンスがあるなら、失敗してもいいから行きなさい、と言いたい。チャンスがあればトライして、知るということ。これが一番大事で、人生に活きることだと思う。そこで何かを学んだら、戻ってきてその経験を活かしてほしい。野球に役立つことでも、実社会の他のことでもいい。実際に経験し、見てきたことはプラスになるから、是非トライしてもらいたいなと思う。

佐久間　野球に限らないということですね。社会人になって、右か左かって迷って、選んだ道で何かに押し潰されそうになっても、そこから得るものは必ずある、その後の人生にきっと役立つ、ということですね。

村上　そう。僕はそう思うね。だから勇気をもって、一歩踏み出してもらいたいね。

村上雅則＝1944年山梨県生まれ。62年9月、南海ホークスとプロ契約。64年3月、サンフランシスコ・ジャイアンツ傘下の1Aフレズノに野球留学。同年9月1日メジャーに昇格、サンフランシスコ・ジャイアンツ対ニューヨーク・メッツ戦でメジャーリーグに日本人として初めて登板、65年までリリーフピッチャーとして活躍した。MLBで通算5勝。66年に南海ホークスに復帰。75年阪神に移籍、76年に日本ハムファイターズに移籍。82年現役引退。NPBで通算103勝。

佐久間和男＝株式会社サンライズジャパン上席執行役員。MLB公認ライセンスを許諾された世界で唯一のエンターテイメントレストラン「MLB café TOKYO」をプロデュースしている。

本書は書き下ろしです。

執筆協力　服部いく子

マイ・フーリッシュ・ハート

二〇一八年 九 月一〇日 初版印刷
二〇一八年 九 月二〇日 初版発行

著　者 秦建日子《はたたけひこ》
発行者 小野寺優
発行所 株式会社河出書房新社
〒一五一−〇〇五一
東京都渋谷区千駄ヶ谷二−三二−二
電話〇三−三四〇四−八六一一（編集）
〇三−三四〇四−一二〇一（営業）
http://www.kawade.co.jp/

ロゴ・表紙デザイン 粟津潔
本文フォーマット 佐々木暁
本文組版 KAWADE DTP WORKS
印刷・製本 中央精版印刷株式会社

Printed in Japan ISBN978-4-309-41630-4

推理小説

秦建日子　40776-0

出版社に届いた「推理小説・上巻」という原稿。そこには殺人事件の詳細と予告、そして「事件を防ぎたければ、続きを入札せよ」という前代未聞の要求が……ＦＮＳ系連続ドラマ「アンフェア」原作！

アンフェアな月

秦建日子　40904-7

赤ん坊が誘拐された。錯乱状態の母親、奇妙な誘拐犯、迷走する捜査。そんな中、山から掘り出されたものは？　ベストセラー『推理小説』（ドラマ「アンフェア」原作）に続く刑事・雪平夏見シリーズ第二弾！

殺してもいい命

秦建日子　41095-1

胸にアイスピックを突き立てられた男の口には、「殺人ビジネス、始めます」というチラシが突っ込まれていた。殺された男の名は……刑事・雪平夏見シリーズ第三弾、最も哀切な事件が幕を開ける！

ダーティ・ママ！

秦建日子　41117-0

シングルマザーで、子連れで、刑事ですが、何か？　――育児のグチをブチまけながら、ベビーカーをぶっ飛ばし、かつてない凸凹刑事コンビ（＋一人）が難事件に体当たり！　日本テレビ系連続ドラマ原作。

サマーレスキュー　～天空の診療所～

秦建日子　41158-3

標高二五〇〇ｍにある山の診療所を舞台に、医師たちの奮闘と成長を描く感動の物語。ＴＢＳ系日曜劇場「サマーレスキュー～天空の診療所～」放送。ドラマにはない診療所誕生秘話を含む書下ろし！

愛娘にさよならを

秦建日子　41197-2

「ひとごろし、がんばって」――幼い字の手紙を読むと男は温厚な夫婦を惨殺した。二ヶ月前の事件で負傷し、捜査一課から外された雪平は引き離された娘への思いに揺れながら再び捜査へ。シリーズ最新作！

ダーティ・ママ、ハリウッドへ行く！

秦建日子　41273-3

シングルマザー刑事の高子と相棒の葵が、セレブ殺害事件をめぐって大バトル⁉　ひょんなことから葵はトンデモない潜入捜査をするハメに……ルール無用の凸凹刑事コンビがふたたび突っ走る！

ザーッと降って、からりと晴れて

秦建日子　41540-6

「人生は、間違えられるからこそ、素晴らしい」リストラ間近の中年男、駆け出し脚本家、離婚目前の主婦、本命になれないＯＬ——ちょっと不器用な人たちが起こす小さな奇跡が連鎖する！　感動の連作小説。

アンフェアな国

秦建日子　41568-0

外務省職員が犠牲となった謎だらけの轢き逃げ事件。新宿署に異動した雪平の元に、逮捕されたのは犯人ではないという目撃証言が入ってきて……。真相を追い雪平は海を渡る！　ベストセラーシリーズ最新作！

戦力外捜査官　姫デカ・海月千波

似鳥鶏　41248-1

警視庁捜査一課、配属たった２日で戦力外通告⁉　連続放火、女子大学院生殺人、消えた大量の毒ガス兵器……推理だけは超一流のドジっ娘メガネ美少女警部とお守役の設楽刑事の凸凹コンビが難事件に挑む！

神様の値段　戦力外捜査官

似鳥鶏　41353-2

捜査一課の凸凹コンビがふたたび登場！　新興宗教団体がたくらむ“ハルマゲドン”。妹を人質にとられた設楽と海月は、仕組まれ最悪のテロを防ぐことができるか⁉　連ドラ化された人気シリーズ第二弾！

ゼロの日に叫ぶ　戦力外捜査官

似鳥鶏　41560-4

都内の暴力団が何者かに殲滅され、偶然居合わせた刑事二人も重傷を負う事件が発生。警視庁の威信をかけた捜査が進む裏で、東京中をパニックに陥れる計画が進められていた——人気シリーズ第三弾、文庫化！

世界が終わる街　戦力外捜査官

似鳥鶏　41561-1

前代未聞のテロを起こし、解散に追い込まれたカルト教団・宇宙神瞳会。教団名を変え穏健派に転じたはずが、一部の信者は〈エデン〉へ行くための聖戦＝同時多発テロを計画していた……人気シリーズ第４弾！

最高の離婚　1

坂元裕二　41300-6

「つらい。とにかくつらいです。結婚って、人が自ら作った最もつらい病気だと思いますね」数々の賞に輝き今最も注目を集める脚本家・坂元裕二が紡ぐ人気ドラマのシナリオ、待望の書籍化でいきなり文庫！

最高の離婚　2

坂元裕二　41301-3

「離婚の原因第一位が何かわかりますか？　結婚です。結婚するから離婚するんです」日本民間放送連盟賞、ギャラクシー賞受賞のドラマが、脚本家・坂元裕二の紡いだ言葉で甦る——ファン待望の活字化！

Mother　1

坂元裕二　41331-0

「あなたは捨てられたんじゃない。あなたが捨てるの」小学校教師の奈緒は、母に虐待を受ける少女・怜南を“誘拐”し、継美と名付け彼女の本物の母親になろうと決意する。伝説のドラマ、遂に初の書籍化。

Mother　2

坂元裕二　41332-7

「お母さん……もう一回誘拐して」室蘭から東京に逃げ、本物の母子のように幸せに暮らし始めた奈緒と継美だが、誘拐が発覚し奈緒が逮捕されてしまう。二人はどうなるのか？　伝説のドラマ、初の書籍化！

異性

角田光代／穂村弘　41326-6

好きだから許せる？　好きだけど許せない⁉　男と女は互いにひかれあいながら、どうしてわかりあえないのか。カクちゃん＆ほむほむが、男と女についてとことん考えた、恋愛考察エッセイ。

寿フォーエバー

山本幸久　41313-6

時代遅れの結婚式場で他人の幸せのために働く靖子の毎日は、カップルの破局の危機や近隣のライバル店のことなど難題続きで……結婚式の舞台裏を描く、笑いあり涙ありのハッピーお仕事小説！

祝福

長嶋有　41269-6

女ごころを書いたら、女子以上！　ダメ男を書いたら、日本一‼　長嶋有が贈る、女主人公５人VS男主人公５人の夢の紅白短篇競演。あの代表作のスピンオフやあの名作短篇など、十篇を収録した充実の一冊。

水曜の朝、午前三時

蓮見圭一　41574-1

「有り得たかもしれないもう一つの人生、そのことを考えない日はなかった……」叶わなかった恋を描く、究極の大人のラブストーリー。恋の痛みと人生の重み。涙を誘った大ベストセラー待望の復刊。

引き出しの中のラブレター

新堂冬樹　41089-0

ラジオパーソナリティの真生のもとへ届いた、一通の手紙。それは絶縁し、仲直りをする前に他界した父が彼女に宛てて書いた手紙だった。大ベストセラー『忘れ雪』の著者が贈る、最高の感動作！

カルテット！

鬼塚忠　41118-7

バイオリニストとして将来が有望視される中学生の開だが、その家族は崩壊寸前。そんな中、家族カルテットで演奏することになって……。家族、初恋、音楽を描いた、涙と感動の青春＆家族物語。映画化！

S先生の言葉

山田太一　41408-9

日本ドラマ史に輝く名作テレビドラマを描き続けた脚本家にしてエッセイの名手・山田太一が、折に触れ発表してきたエッセイを厳選しておくる「山田太一エッセイ・コレクション」第１弾。

その時あの時の今　私記テレビドラマ50年

山田太一　41419-5

半世紀にわたりテレビドラマを発表し続けてきた名脚本家・山田太一が、自らの仕事について、「岸辺のアルバム」「男たちの旅路」「ふぞろいの林檎たち」など自作について大いに語る。解説：宮藤官九郎。

思い出を切りぬくとき

萩尾望都　40987-0

萩尾望都、漫画家生活四十周年記念。二十代の頃に書いた幻の作品、唯一のエッセイ集。貴重なイラストも多数掲載。姉への想い・作品の裏話など、萩尾望都の思想の源泉を感じ取れます。

銀の船と青い海

萩尾望都　41347-1

萩尾望都が奏でる麗しい童話二十七編。一九七〇～八〇年代の貴重なカラーイラストを八〇ページにわたり五十点掲載。七十年代に執筆した幻の二作品「少女ろまん」「さなぎ」も初収録。

美しの神の伝え

萩尾望都　41553-6

一九七七～八〇年「奇想天外」に発表したＳＦ小説十一編に加え、単行本未収録の二作「クリシュナの季節」＆マンガ「いたずららくがき」も特別収録。異世界へ導かれる全十六編。

花咲く乙女たちのキンピラゴボウ　前篇

橋本治　41391-4

読み返すたびに泣いてしまう。読者の思いと考えを、これほど的確に言葉にしてくれた少女漫画評論は、ほかに知らない。——三浦しをん。少女マンガが初めて論じられた伝説の名著！　書き下ろし自作解説。

花咲く乙女たちのキンピラゴボウ　後篇

橋本治　41392-1

大島弓子、萩尾望都、山岸涼子、陸奥Ａ子……「少女マンガ」がはじめて公で論じられた、伝説の名評論集が待望の復刊！　三浦しをん氏絶賛！